Gröls Verlage

„BÜCHER SIND WIE FALLSCHIRME. SIE NÜTZEN UNS NICHTS, WENN WIR SIE NICHT ÖFFNEN."

Gröls Verlag

Redaktionelle Hinweise und Impressum

Das vorliegende Werk wurde zugunsten der Authentizität sehr zurückhaltend bearbeitet. So wurden etwa ursprüngliche Rechtschreibfehler *nicht* systematisch behoben, denn kleine Unvollkommenheiten machen das Buch – wie im Übrigen den Menschen – erst authentisch. Mitunter wurden jedoch zum Beispiel Absätze behutsam neu getrennt, um den Lesefluss zu erleichtern.

Um die Texte zu rekonstruieren, werden antiquarische Bücher von Lesegeräten gescannt und dann durch eine Software lesbar gemacht. Der so entstandene Text wird von Menschen gegengelesen und korrigiert – hierbei treten auch Fehler auf. Wenn Sie ebenfalls antiquarische Texte einreichen möchten, finden Sie weitere Informationen auf www.groels.de

Viel Freude bei der Lektüre wünscht Ihnen das Team des Gröls-Verlags.

Adressen

Verleger: Sophia Gröls, Im Borngrund 26, 61440 Oberursel

Externer Dienstleister für Distribution & Herstellung: BoD, In de Tarpen 42, 22848 Norderstedt

Unsere „Edition | Werke der Weltliteratur“ hat den Anspruch, eine der größten und vollständigsten Sammlungen klassischer Literatur in deutscher Sprache zu sein. Nach und nach versammeln wir hier nicht nur die „üblichen Verdächtigen“ von Goethe bis Schiller, sondern auch Kleinode der vergangenen Jahrhunderte, die – zu Unrecht – drohen, in Vergessenheit zu geraten. Wir kultivieren und kuratieren damit einen der wertvollsten Bereiche der abendländischen Kultur. Kleine Auswahl:

Francis Bacon • Neues Organon • **Balzac** • Glanz und Elend der Kurtisanen • **Joachim H. Campe** • Robinson der Jüngere • **Dante Alighieri** • Die Göttliche Komödie • **Daniel Defoe** • Robinson Crusoe • **Charles Dickens** • Oliver Twist • **Denis Diderot** • Jacques der Fatalist • **Fjodor Dostojewski** • Schuld und Sühne • **Arthur Conan Doyle** • Der Hund von Baskerville • **Marie von Ebner-Eschenbach** • Das Gemeindekind • **Elisabeth von Österreich** • Das Poetische Tagebuch • **Friedrich Engels** • Die Lage der arbeitenden Klasse • **Ludwig Feuerbach** • Das Wesen des Christentums • **Johann G. Fichte** • Reden an die deutsche Nation • **Fitzgerald** • Zärtlich ist die Nacht • **Flaubert** • Madame Bovary • **Gorch Fock** • Seefahrt ist not! • **Theodor Fontane** • Effi Briest • **Robert Musil** • Über die Dummheit • **Edgar Wallace** • Der Frosch mit der Maske • **Jakob Wassermann** • Der Fall Maurizius • **Oscar Wilde** • Das Bildnis des Dorian Grey • **Émile Zola** • Germinal • **Stefan Zweig** • Schachnovelle • **Hugo von Hofmannsthal** • Der Tor und der Tod • **Anton Tschechow** • Ein Heiratsantrag • **Arthur Schnitzler** • Reigen • **Friedrich Schiller** • Kabale und Liebe • **Nicolo Machiavelli** • Der Fürst • **Gotthold E. Lessing** • Nathan der Weise • **Augustinus** • Die Bekenntnisse des heiligen Augustinus • **Marcus Aurelius** • Selbstbetrachtungen • **Charles Baudelaire** • Die Blumen des Bösen • **Harriett Stowe** • Onkel Toms Hütte • **Walter Benjamin** • Deutsche Menschen • **Hugo Bettauer** • Die Stadt ohne Juden • **Lewis Caroll** • *und viele mehr….*

William Shakespeare

Der Kaufmann von Venedig

Übersetzt von

August Wilhelm von Schlegel

Inhalt

Personen:

Der Doge von Venedig
Prinz von Marokko *und* **Prinz von Arragon**, *Freier der Porzia*
Antonio, *der Kaufmann von Venedig*
Bassanio, *sein Freund*
Solanio, Salarino *und* **Graziano**, *Freunde des Antonio*
Lorenzo, *Liebhaber der Jessica*
Shylock, *ein Jude*
Tubal, *ein Jude, sein Freund*
Lanzelot Gobbo, *Shylocks Diener*
Der alte Gobbo, *Lanzelots Vater*
Salerio, *ein Bote von Venedig*
Leonardo, *Bassanios Diener*
Balthasar *und* **Stephano**, *Porzias Diener*
Porzia, *eine reiche Erbin*
Nerissa, *ihre Begleiterin*
Jessica, *Shylocks Tochter*

Senatoren von Venedig, Beamte des Gerichtshofes,
Gefangenwärter, Bediente und andres Gefolge

Die Szene ist teils zu *Venedig*, teils zu *Belmont*, Porzias Landsitz

Erster Aufzug

Erste Szene

Venedig. Eine Straße

Antonio, Salarino und Solanio treten auf

Antonio. Fürwahr, ich weiß nicht, was mich traurig macht;
Ich bin es satt; ihr sagt, das seid ihr auch.
Doch wie ich dran kam, wie mir's angeweht,
Von was für Stoff es ist, woraus erzeugt,
Das soll ich erst erfahren.
Und solchen Dummkopf macht aus mir die Schwermut,
Ich kenne mit genauer Not mich selbst.

Salarino. Eur Sinn treibt auf dem Ozean umher,
Wo Eure Galeonen, stolz besegelt,
Wie Herrn und reiche Bürger auf der Flut,
Als wären sie das Schaugepräng der See,
Hinwegsehn über kleines Handelsvolk,
Das sie begrüßet, sich vor ihnen neigt,
Wie sie vorbeiziehn mit gewebten Schwingen.

Solanio. Herr, glaubt mir, hätt ich soviel auf dem Spiel,
Das beste Teil von meinem Herzen wäre
Bei meiner Hoffnung auswärts. Immer würd ich
Gras pflücken, um den Zug des Winds zu sehn;
Nach Häfen, Reed' und Damm in Karten gucken,
Und alles, was mich Unglück fürchten ließ
Für meine Ladungen, würd ohne Zweifel
Mich traurig machen.

Salarino. Mein Hauch, der meine Suppe kühlte, würde
Mir Fieberschauer anwehn, dächt ich dran,

Wieviel zur See ein starker Wind kann schaden.
Ich könnte nicht die Sanduhr rinnen sehn,
So dächt ich gleich an Seichten und an Bänke,
Säh meinen „reichen Hans“ im Sande fest,
Das Haupt bis unter seine Rippen neigend,
Sein Grab zu küssen. Ging ich in die Kirche
Und säh das heilige Gebäu' von Stein,
Sollt ich nicht gleich an schlimme Felsen denken,
Die an das zarte Schiff nur rühren dürfen,
So streut es auf den Strom all sein Gewürz
Und hüllt die wilde Flut in meine Seiden.
Und kurz, jetzt eben dies Vermögen noch,
Nun gar keins mehr? Soll ich, daran zu denken,
Gedanken haben und mir doch nicht denken,
Daß solch ein Fall mich traurig machen würde?
Doch sagt mir nichts; ich weiß, Antonio
Ist traurig, weil er seines Handels denkt.

Antonio. Glaubt mir, das nicht; ich dank es meinem Glück:
Mein Vorschuß ist nicht *einem* Schiff vertraut,
Noch *einem* Ort; noch hängt mein ganz Vermögen
Am Glücke dieses gegenwärtgen Jahrs;
Deswegen macht mein Handel mich nicht traurig.

Solanio. So seid Ihr denn verliebt?

Antonio. Pfui, pfui!

Solanio. Auch nicht verliebt? Gut denn, so seid Ihr traurig,
Weil Ihr nicht lustig seid; Ihr könntet eben
Auch lachen, springen, sagen: Ihr seid lustig,
Weil Ihr nicht traurig seid. Nun, beim zweiköpfgen Janus!
Natur bringt wunderliche Käuz ans Licht:

Der drückt die Augen immer ein und lacht
Wie 'n Starmatz über einen Dudelsack;
Ein andrer von so saurem Angesicht,
Daß er die Zähne nicht zum Lachen wiese,
Schwür Nestor auch, der Spaß sei lachenswert.
Bassanio, Lorenzo und Graziano kommen.
Hier kommt Bassanio, Euer edler Vetter,
Graziano und Lorenzo; lebt nun wohl,
Wir lassen Euch in besserer Gesellschaft.

Salarino. Ich wär geblieben, bis ich Euch erheitert;
Nun kommen wertre Freunde mir zuvor.

Antonio. Sehr hoch steht Euer Wert in meiner Achtung;
Ich nehm es so, daß Euch Geschäfte rufen
Und Ihr den Anlaß wahrnehmt, wegzugehn.

Salarino. Guten Morgen, liebe Herren!

Bassanio. Ihr lieben Herrn, wann lachen wir einmal?
Ihr macht euch gar zu selten: muß das sein?

Salarino. Wir stehen Euch zu Diensten, wann's beliebt.

(Salarino und Solanio ab.)

Lorenzo. Da Ihr Antonio gefunden habt,
Bassanio, wollen wir Euch nun verlassen.
Doch bitt ich, denkt zur Mittagszeit daran,
Wo wir uns treffen sollen.

Bassanio. Rechnet drauf.

Graziano. Ihr seht nicht wohl, Signor Antonio;
Ihr macht Euch mit der Welt zuviel zu schaffen:
Der kommt darum, der mühsam sie erkauft.
Glaubt mir, Ihr habt Euch wunderbar verändert.

Antonio. Mir gilt die Welt nur wie die Welt, Graziano;
Ein Schauplatz, wo man eine Rolle spielt,
Und mein' ist traurig.

Graziano. Laßt den Narrn mich spielen,
Mit Lust und Lachen laßt die Runzeln kommen
Und laßt die Brust von Wein mir lieber glühn,
Als härmendes Gestöhn das Herz mir kühlen.
Weswegen sollt ein Mann mit warmem Blut
Dasitzen wie sein Großpapa, gehaun
In Alabaster? Schlafen, wenn er wacht?
Und eine Gelbsucht an den Leib sich ärgern?
Antonio, ich will dir etwas sagen;
Ich liebe dich, und Liebe spricht aus mir:
Es gibt so Leute, deren Angesicht
Sich überzieht gleich einem stehnden Sumpf,
Und die ein eigensinnig Schweigen halten,
Aus Absicht, sich in einen Schein zu kleiden
Von Weisheit, Würdigkeit und tiefem Sinn;
Als wenn man spräche: Ich bin Herr Orakel;
Tu ich den Mund auf, rühr sich keine Maus.
O mein Antonio, ich kenne deren,
Die man deswegen bloß für Weise hält,
Weil sie nichts sagen; sprächen sie, sie brächten
Die Ohren, die sie hörten, in Verdammnis,
Weil sie die Brüder Narren schelten würden.
Ein andermal sag ich dir mehr hievon;
Doch fische nicht mit so trübselgem Köder
Nach diesem Narren-Gründling, diesem Schein.
Komm, Freund Lorenzo! – Lebt so lange wohl,
Ich schließe meine Predigt nach der Mahlzeit.

Lorenzo. Gut, wir verlassen Euch bis Mittagszeit.
Ich muß von diesen stummen Weisen sein,
Denn Graziano läßt mich nie zum Wort.

Graziano. Gut, leiste mir zwei Jahre noch Gesellschaft,
So kennst du deiner Zunge Laut nicht mehr.

Antonio. Lebt wohl! Ich werd ein Schwätzer Euch zulieb.

Graziano. Dank, fürwahr! denn Schweigen ist bloß zu empfehlen
An geräucherten Zungen und jungfräulichen Seelen.

(Graziano und Lorenzo ab.)

Antonio. Ist das nun irgend was?

Bassanio. Graziano spricht unendlich viel nichts, mehr als irgendein Mensch in ganz Venedig. Seine vernünftigen Gedanken sind wie zwei Weizenkörner in zwei Scheffel Spreu versteckt; Ihr sucht den ganzen Tag, bis Ihr sie findet, und wenn Ihr sie habt, so verlohnen sie das Suchen nicht.

Antonio. Gut, sagt mir jetzt, was für ein Fräulein ist's,
Zu der geheime Wallfahrt Ihr gelobt,
Wovon Ihr heut zu sagen mir verspracht?

Bassanio. Euch ist nicht unbekannt, Antonio,
Wie sehr ich meinen Glücksstand hab erschöpft,
Indem ich glänzender mich eingerichtet,
Als meine schwachen Mittel tragen konnten.
Auch jammr' ich jetzt nicht, daß die große Art
Mir untersagt ist; meine Sorg ist bloß,
Mit Ehren von den Schulden loszukommen,
Worin mein Leben, etwas zu verschwendrisch,
Mich hat verstrickt. Bei Euch, Antonio,
Steht meine größte Schuld, an Geld und Liebe,

Und Eure Liebe leistet mir Gewähr,
Daß ich Euch meine Plän eröffnen darf,
Wie ich mich löse von der ganzen Schuld.

Antonio. Ich bitt Euch, mein Bassanio, laßt mich's wissen;
Und steht es, wie Ihr selber immer tut,
Im Angesicht der Ehre, seid gewiß:
Ich selbst, mein Beutel, was ich nur vermag,
Liegt alles offen da zu Euerm Dienst.

Bassanio. In meiner Schulzeit, wenn ich einen Bolzen
Verloren hatte, schoß ich seinen Bruder
Von gleichem Schlag den gleichen Weg; ich gab
Nur besser acht, um jenen auszufinden,
Und, beide wagend, fand ich beide oft.
Ich führ Euch dieses Kinderbeispiel an,
Weil das, was folgt, die lautre Unschuld ist.
Ihr lieht mir viel, und wie ein wilder Junge
Verlor ich, was Ihr lieht; allein, beliebt's Euch,
Noch einen Pfeil desselben Wegs zu schießen,
Wohin der erste flog, so zweifl ich nicht,
Ich will so lauschen, daß ich beide finde.
Wo nicht, bring ich den letzten Satz zurück
Und bleib Eur Schuldner, dankbar für den ersten.

Antonio. Ihr kennt mich und verschwendet nur die Zeit,
Da Ihr Umschweife macht mit meiner Liebe.
Unstreitig tut Ihr jetzt mir mehr zu nah,
Da Ihr mein Äußerstes in Zweifel zieht,
Als hättet Ihr mir alles durchgebracht.
So sagt mir also nur, was ich soll tun,
Wovon Ihr wißt, es kann durch mich geschehn,
Und ich bin gleich bereit: deswegen sprecht!

Bassanio. In Belmont ist ein Fräulein, reich an Erbe,
Und sie ist schön und, schöner als dies Wort,
Von hohen Tugenden; von ihren Augen
Empfing ich holde, stumme Botschaft einst.
Ihr Nam' ist Porzia; minder nicht an Wert
Als Catos Tochter, Brutus' Porzia.
Auch ist die weite Welt des nicht unkundig,
Denn die vier Winde wehn von allen Küsten
Berühmte Freier her; ihr sonnig Haar
Wallt um die Schläf ihr wie ein goldnes Vlies;
Zu Kolchos' Strande macht es Belmonts Sitz,
Und mancher Iason kommt, bemüht um sie.
O mein Antonio! hätt ich nur die Mittel,
Den Rang mit ihrer einem zu behaupten,
So weissagt mein Gemüt so günstig mir,
Ich werde sonder Zweifel glücklich sein.

Antonio. Du weißt, mein sämtlich Gut ist auf der See;
Mir fehlt's an Geld und Anstalt, eine Summe
Gleich bar zu heben; also geh, sieh zu,
Was in Venedig mein Kredit vermag:
Den spann ich an bis auf das äußerste,
Nach Belmont dich für Porzia auszustatten.
Geh, frage gleich herum, ich will es auch,
Wo Geld zu haben; ich bin nicht besorgt,
Daß man uns nicht auf meine Bürgschaft borgt.

(Beide ab.)

Zweite Szene

Belmont. Ein Zimmer in Porzias Hause

Porzia und Nerissa kommen

Porzia. Auf mein Wort, Nerissa, meine kleine Person ist dieser großen Welt überdrüssig.

Nerissa. Ihr würdet es sein, bestes Fräulein, wenn Euer Ungemach in ebenso reichem Maße wäre, als Euer gutes Glück ist. Und doch, nach allem, was ich sehe, sind die ebenso krank, die sich mit allzuviel überladen, als die bei nichts darben. Es ist also kein mittelmäßiges Los, im Mittelstande zu sein. Überfluß kommt eher zu grauen Haaren, aber Auskommen lebt länger.

Porzia. Gute Sprüche, und gut vorgetragen.

Nerissa. Gut befolgt wären sie besser.

Porzia. Wäre tun so leicht als wissen, was gut zu tun ist, so wären Kapellen Kirchen geworden und armer Leute Hütten Fürstenpaläste. Der ist ein guter Prediger, der seine eignen Ermahnungen befolgt; – ich kann leichter zwanzig lehren, was gut zu tun ist, als einer von den zwanzigen sein und meine eignen Lehren befolgen. Das Gehirn kann Gesetze für das Blut aussinnen; aber eine hitzige Natur springt über eine kalte Vorschrift hinaus. Solch ein Hase ist Tollheit, der junge Mensch, daß er weghüpft über das Netz des Krüppels guter Rat. Aber dies Vernünfteln hilft mir nicht dazu, einen Gemahl zu wählen. – O über das Wort *wählen!* Ich kann weder wählen, wen ich will, noch ausschlagen, wen ich nicht mag: so wird der Wille einer lebenden Tochter durch den letzten Willen eines toten Vaters gefesselt. Ist es nicht hart, Nerissa, daß ich nicht *einen* wählen und auch keinen ausschlagen darf?

Nerissa. Euer Vater war allzeit tugendhaft, und fromme Männer haben im Tode gute Eingebungen: also wird die Lotterie, die er mit diesen drei Kästchen von Gold, Silber und Blei ausgesonnen hat, daß der, welcher seine Mitgift trifft, Euch erhält, ohne Zweifel von niemand recht getroffen werden als von einem, der Euch recht liebt. Aber welchen Grad von Zuneigung fühlt Ihr gegen irgendeinen der fürstlichen Freier, die schon gekommen sind?

Porzia. Ich bitte dich, nenne sie her; wie du sie nennst, will ich sie beschreiben, und von meiner Beschreibung schließe auf meine Zuneigung.

Nerissa. Zuerst ist da der neapolitanische Prinz.

Porzia. Das ist ein wildes Füllen, in der Tat. Er spricht von nichts als seinem Pferde und bildet sich nicht wenig auf seine Talente ein, daß er es selbst beschlagen kann. Ich fürchte sehr, seine gnädige Frau Mutter hat es mit einem Schmied gehalten.

Nerissa. Ferner ist da der Pfalzgraf.

Porzia. Er tut nichts wie stirnrunzeln, als wollt er sagen: „Wenn Ihr mich nicht haben wollt, so laßts!" Er hört lustige Geschichten an und lächelt nicht. Ich fürchte, es wird der weinende Philosoph aus ihm, wenn er alt wird, da er in seiner Jugend so unhöflich finster sieht. Ich möchte lieber an einen Totenkopf mit dem Knochen im Munde verheiratet sein als an einen von diesen. Gott beschütze mich vor beiden!

Nerissa. Was sagt Ihr denn zu dem französischen Herrn, Monsieur le Bon?

Porzia. Gott schuf ihn, also laßt ihn für einen Menschen gelten. Im Ernst, ich weiß, daß es sündlich ist, ein Spötter zu sein; aber er! Ja doch, er hat ein besseres Pferd als der Neapolitaner; eine bessere schlechte Gewohnheit, die Stirn zu runzeln, als der Pfalzgraf; er ist jedermann und niemand. Wenn eine Drossel singt, so macht er gleich Luftsprünge; er ficht mit seinem eigenen Schatten. Wenn ich ihn nähme, so nähme ich zwanzig Männer; wenn er mich verachtete, so vergäbe ich es ihm: denn er möchte mich bis zur Tollheit lieben, ich werde es niemals erwidern.

Nerissa. Was sagt Ihr denn zu Faulconbridge, dem jungen Baron aus England?

Porzia. Ihr wißt, ich sage nichts zu ihm, denn er versteht mich nicht, noch ich ihn. Er kann weder Lateinisch, Französisch, noch Italienisch; und Ihr dürft wohl einen körperlichen Eid ablegen, daß ich nicht für einen Heller Englisch verstehe. Er ist eines feinen Mannes Bild – aber ach! wer kann sich mit einer stummen Figur unterhalten? Wie seltsam er gekleidet ist! Ich glaube, er kaufte sein Wams in Italien, seine weiten Beinkleider in Frankreich, seine Mütze in Deutschland und sein Betragen allenthalben.

Nerissa. Was haltet Ihr von dem schottischen Herrn, seinem Nachbar?

Porzia. Daß er eine christliche Nachbarnliebe an sich hat, denn er borgte eine Ohrfeige von dem Engländer und schwor, sie wiederzubezahlen, wenn er imstande wäre; ich glaube, der Franzose ward sein Bürge und unterzeichnete für den andern.

Nerissa. Wie gefällt Euch der junge Deutsche, des Herzogs von Sachsen Neffe?

Porzia. Sehr abscheulich des Morgens, wenn er nüchtern ist, und höchst abscheulich des Nachmittags, wenn er betrunken ist. Wenn er am besten ist, so ist er wenig schlechter als ein Mensch, und wenn er am schlechtesten ist, wenig besser als ein Vieh. Komme das Schlimmste, was da will, ich hoffe, es soll mir doch glücken, ihn loszuwerden.

Nerissa. Wenn er sich erböte zu wählen und wählte das rechte Kästchen, so schlügt Ihr ab, Eures Vaters Willen zu tun, wenn Ihr abschlügt, ihn zu nehmen.

Porzia. Aus Furcht vor dem Schlimmsten bitte ich dich also, setze einen Römer voll Rheinwein auf das falsche Kästchen; denn wenn der Teufel darin steckt, und diese Versuchung ist von außen daran, so weiß ich, er wird es wählen. Alles lieber, Nerissa, als einen Schwamm heiraten.

Nerissa. Ihr braucht nicht zu fürchten, Fräulein, daß Ihr einen von diesen Herren bekommt; sie haben mir ihren Entschluß eröffnet, welcher in nichts anderm besteht, als sich nach Hause zu begeben und Euch nicht mehr mit Bewerbungen lästig zu fallen, Ihr müßtet denn auf eine andre Weise zu gewinnen sein als nach Eures Vaters Vorschrift in Ansehung der Kästchen.

Porzia. Sollte ich so alt werden wie Sibylla, will ich doch so keusch sterben wie Diana, wenn ich nicht dem letzten Willen meines Vaters gemäß erworben werde. Ich bin froh, daß diese Partei Freier so vernünftig ist; denn es ist nicht einer darunter, nach dessen Abwesenheit mich nicht sehnlichst verlangt, und ich bitte Gott, ihnen eine glückliche Reise zu verleihn.

Nerissa. Erinnert Ihr Euch nicht, Fräulein, von Eures Vaters Lebzeiten eines Venezianers, eines Studierten und Kavaliers, der in Gesellschaft des Marquis von Montferrat hierher kam?

Porzia. Ja ja, es war Bassanio: so, denke ich, nannte er sich.

Nerissa. Ganz recht, Fräulein. Von allen Männern, die meine törichten Augen jemals erblickt haben, war er einer schönen Frau am meisten wert.

Porzia. Ich erinnre mich seiner wohl und erinnre mich, daß er dein Lob verdient. *(Ein Diener kommt.)* Nun, was gibt es Neues?

Bedienter. Die vier Fremden suchen Euch, Fräulein, um Abschied zu nehmen; und es ist ein Vorläufer von einem fünften da, vom Prinzen von Marokko, der Nachricht bringt, daß sein Herr, der Prinz, zu Nacht hier sein wird.

Porzia. Könnte ich den fünften mit so gutem Herzen willkommen heißen, als ich den vier andern Lebewohl sage, so wollte ich mich seiner Ankunft freuen. Hat er das Gemüt eines Heiligen und das Geblüt eines Teufels, so wollte ich lieber, er weihte mich, als er freite mich. Komm, Nerissa. – Geht voran, Bursch. – Derweil wir die Pforte hinter einem Freier verschließen, klopft ein andrer an die Tür.

(Alle ab.)

Dritte Szene

Venedig. Ein öffentlicher Platz

Bassanio und Shylock treten auf

Shylock. Dreitausend Dukaten – gut.

Bassanio. Ja, Herr, auf drei Monate.

Shylock. Auf drei Monate – gut.

Bassanio. Wofür, wie ich Euch sagte, Antonio Bürge sein soll.

Shylock. Antonio Bürge sein soll – gut.

Bassanio. Könnt Ihr mir helfen? Wollt Ihr mir gefällig sein? Soll ich Eure Antwort wissen?

Shylock. Dreitausend Dukaten, auf drei Monate, und Antonio Bürge.

Bassanio. Eure Antwort darauf?

Shylock. Antonio ist ein guter Mann.

Bassanio. Habt Ihr irgendeine Beschuldigung des Gegenteils wider ihn gehört?

Shylock. Ei nein, nein, nein! – Wenn ich sage, er ist ein guter Mann, so meine ich damit, versteht mich, daß er vermögend ist. Aber seine Mittel stehen auf Hoffnung; er hat eine Galeone, die auf Tripolis geht, eine andre nach Indien. Ich höre ferner auf dem Rialto, daß er eine dritte zu Mexiko hat, eine vierte nach England – und so hat er noch andre Auslagen in der Fremde verstreut. Aber Schiffe sind nur Bretter, Matrosen sind nur Menschen; es gibt Landratten und Wasserratten, Wasserdiebe und Landdiebe – ich will sagen, Korsaren, und dann haben wir die Gefahr von Wind, Wellen und Klippen. – Der Mann ist bei alledem vermögend – dreitausend Dukaten – ich denke, ich kann seine Bürgschaft annehmen.

Bassanio. Seid versichert, Ihr könnt es.

Shylock. Ich will versichert sein, daß ich es kann; und damit ich versichert sein kann, will ich mich bedenken. Kann ich Antonio sprechen?

Bassanio. Wenn es Euch beliebt, mit uns zu speisen.

Shylock. Ja, um Schinken zu riechen, von der Behausung zu essen, wo euer Prophet, der Nazarener, den Teufel hineinbeschwor. Ich will mit euch handeln und wandeln, mit euch stehen und gehen, und was dergleichen mehr ist; aber ich will nicht mit euch essen, mit euch trinken, noch mit euch beten. Was gibt es Neues auf dem Rialto? – Wer kommt da?

Antonio kommt.

Bassanio. Das ist Signor Antonio.

Shylock *(für sich).*
Wie sieht er einem falschen Zöllner gleich!
Ich hass' ihn, weil er von den Christen ist,
Doch mehr noch, weil er aus gemeiner Einfalt
Umsonst Geld ausleiht und hier in Venedig
Den Preis der Zinsen uns herunterbringt.
Wenn ich ihm mal die Hüfte rühren kann,
So tu ich meinem alten Grolle gütlich.
Er haßt mein heilig Volk und schilt selbst da,
Wo alle Kaufmannschaft zusammenkommt
Mich, mein Geschäft und rechtlichen Gewinn,
Den er nur Wucher nennt. Verflucht mein Stamm,
Wenn ich ihm je vergebe!

Bassanio. Shylock, hört Ihr?

Shylock. Ich überlege meinen baren Vorrat;
Doch, wie ich's ungefähr im Kopfe habe,
Kann ich die volle Summe von dreitausend
Dukaten nicht gleich schaffen. – Nun, was tut's?
Tubal, ein wohlbegüterter Hebräer,
Hilft mir schon aus. – Doch still! auf wieviel Monat
Begehrt Ihr? – *(Zu Antonio.)* Geh's Euch wohl, mein werter Herr!
Von Euer Edlen war die Rede eben.

Antonio. Shylock, wiewohl ich weder leih noch borge,
Um Überschuß zu geben oder nehmen,

Doch will ich, weil mein Freund es dringend braucht,
Die Sitte brechen. – Ist er unterrichtet,
Wieviel Ihr wünscht?

Shylock. Ja, ja, dreitausend Dukaten.

Antonio. Und auf drei Monat.

Shylock. Ja, das vergaß ich – auf drei Monat also.
Nun gut denn, Eure Bürgschaft! laßt mich sehn –
Doch hört mich an; Ihr sagtet, wie mich dünkt,
Daß Ihr auf Vorteil weder leiht noch borgt.

Antonio. Ich pfleg es nie.

Shylock. Als Jakob Labans Schafe hütete –
Er war nach unserm heilgen Abraham,
Weil seine Mutter weislich für ihn schaffte,
Der dritte Erbe – ja, ganz recht, der dritte –

Antonio. Was tut das hier zur Sache? Nahm er Zinsen?

Shylock. Nein, keine Zinsen; was man Zinsen nennt,
Das grade nicht; gebt acht, was Jakob tat:
Als er mit Laban sich verglichen hatte,
Was von den Lämmern bunt und sprenklicht fiele,
Das sollte Jakobs Lohn sein, kehrten sich
Im Herbst die brünstgen Mütter zu den Widdern;
Und wenn nun zwischen dieser wollgen Zucht
Das Werk der Zeugung vor sich ging, so schälte
Der kluge Schäfer Euch gewisse Stäbe,
Und weil sie das Geschäft der Paarung trieben,
Steckt' er sie vor den geilen Müttern auf,
Die so empfingen; und zur Lämmerzeit
Fiel alles buntgesprengt und wurde Jakobs.

So kam er zum Gewinn und ward gesegnet:
Gewinn ist Segen, wenn man ihn nicht stiehlt.

Antonio. Dies war ein Glücksfall, worauf Jakob diente;
In seiner Macht stand's nicht, es zu bewirken;
Des Himmels Hand regiert' und lenkt' es so.
Steht dies, um Zinsen gutzuheißen, da?
Und ist Eur Gold und Silber Schaf und Widder?

Shylock. Weiß nicht; ich laß es eben schnell sich mehren.
Doch hört mich an, Signor.

Antonio. Siehst du, Bassanio,
Der Teufel kann sich auf die Schrift berufen.
Ein arg Gemüt, das heilges Zeugnis vorbringt,
Ist wie ein Schalk mit Lächeln auf der Wange,
Ein schöner Apfel, in dem Herzen faul.
O wie der Falschheit Außenseite glänzt!

Shylock. Dreitausend Dukaten – 's ist 'ne runde Summe.
Drei Mond auf zwölf – laßt sehen, was das bringt. –

Antonio. Nun, Shylock, soll man Euch verpflichtet sein?

Shylock. Signor Antonio, viel und oftermals
Habt Ihr auf dem Rialto mich geschmäht
Um meine Gelder und um meine Zinsen;
Stets trug ich's mit geduldgem Achselzucken,
Denn Dulden ist das Erbteil unsers Stamms.
Ihr scheltet mich abtrünnig, einen Bluthund,
Und speit auf meinen jüdischen Rockelor,
Bloß weil ich nutze, was mein eigen ist.
Gut denn, nun zeigt es sich, daß Ihr mich braucht.
Da habt Ihr's; Ihr kommt zu mir, und Ihr sprecht:
„Shylock, wir wünschten Gelder." So sprecht Ihr,

Der mir den Auswurf auf den Bart geleert
Und mich getreten, wie Ihr von der Schwelle
Den fremden Hund stoßt; Geld ist Eur Begehren,
Wie sollt ich sprechen nun? Sollt ich nicht sprechen:
„Hat ein Hund Geld? Ist's möglich, daß ein Spitz
Dreitausend Dukaten leihn kann?“ oder soll ich
Mich bücken und in eines Schuldners Ton,
Demütig wispernd, mit verhaltnem Odem,
So sprechen: „Schöner Herr, am letzten Mittwoch
Spiet Ihr mich an; Ihr tratet mich den Tag;
Ein andermal hießt Ihr mich einen Hund;
Für diese Höflichkeiten will ich Euch
Die und die Gelder leihn.“

Antonio. Ich könnte leichtlich wieder so dich nennen,
Dich wieder anspein, ja mit Füßen treten.
Willst du dies Geld uns leihen, leih es nicht
Als deinen Freunden (denn wann nahm die Freundschaft
Vom Freund Ertrag für unfruchtbar Metall?);
Nein, leih es lieber deinem Feind; du kannst,
Wenn er versäumt, mit beßrer Stirn eintreiben,
Was dir verfallen ist.

Shylock. Nun seht mir, wie Ihr stürmt!
Ich wollt Euch Liebes tun, Freund mit Euch sein,
Die Schmach vergessen, die Ihr mir getan,
Das Nötge schaffen und keinen Heller Zins
Für meine Gelder nehmen; und Ihr hört nicht:
Mein Antrag ist doch liebreich.

Antonio. Ja, das wär er.

Shylock. Und diese Liebe will ich Euch erweisen.
Geht mit mir zum Notarius, da zeichnet
Mir Eure Schuldverschreibung; und zum Spaß,
Wenn Ihr mir nicht auf den bestimmten Tag
An dem bestimmten Ort die und die Summe,
Wie der Vertrag nun lautet, wiederzahlt:
Laßt uns ein volles Pfund von Eurem Fleisch
Zur Buße setzen, das ich schneiden dürfe
Aus welchem Teil von Eurem Leib ich will.

Antonio. Es sei, aufs Wort! Ich will den Schein so zeichnen
Und sagen, daß ein Jude liebreich ist.

Bassanio. Ihr sollt für mich dergleichen Schein nicht zeichnen:
Ich bleibe dafür lieber in der Not.

Antonio. Ei, fürchte nichts! Ich werde nicht verfallen;
Schon in zwei Monden, einen Monat früher
Als die Verschreibung fällig, kommt gewiß
Zehnfältig der Betrag davon mir ein.

Shylock. O Vater Abraham! über diese Christen,
Die eigne Härte anderer Gedanken
Argwöhnen lehrt! Ich bitt Euch, sagt mir doch
Versäumt er seinen Tag, was hätt ich dran,
Die mir verfallne Buße einzutreiben?
Ein Pfund von Menschenfleisch, von einem Menschen
Genommen, ist so schätzbar, auch so nutzbar nicht
Als Fleisch von Schöpsen, Ochsen, Ziegen. Seht,
Ihm zu Gefallen biet ich diesen Dienst:
Wenn er ihn annimmt, gut; wo nicht, lebt wohl!
Und, bitt Euch, kränkt mich nicht für meine Liebe.

Antonio. Ja, Shylock, ich will diesen Schein dir zeichnen.

Shylock. So trefft mich gleich im Hause des Notars,
Gebt zu dem lustgen Schein ihm Anweisung;
Ich gehe, die Dukaten einzusacken,
Nach meinem Haus zu sehn, das in der Hut
Von einem lockern Buben hinterblieb,
Und will im Augenblicke bei Euch sein.

Antonio. So eil dich, wackrer Jude. – *(Shylock ab.)* Der Hebräer
Wird noch ein Christ; er wendet sich zur Güte.

Bassanio. Ich mag nicht Freundlichkeit bei tückischem Gemüte.

Antonio. Kommt nur! Hiebei kann kein Bedenken sein,
Längst vor der Zeit sind meine Schiff herein. *(Ab.)*

Zweiter Aufzug

Erste Szene

Belmont. Ein Zimmer in Porzias Hause

Trompetenstoß. Der Prinz von Marokko und sein Zug; Porzia, Nerissa und andre von ihrem Gefolge treten auf

Marokko. Verschmähet mich ob meiner Farbe nicht,
Die schattige Livrei der lichten Sonne,
Die mich als nahen Nachbar hat gepflegt.
Bringt mir den schönsten Mann, erzeugt im Norden,
Wo Phöbus' Glut kaum schmelzt des Eises Zacken,
Und ritzen wir uns Euch zulieb die Haut,
Wes Blut am rötsten ist, meins oder seins.
Ich sag Euch, Fräulein, dieses mein Gesicht
Hat Tapfre schon geschreckt; bei meiner Liebe schwör ich,
Die edlen Jungfraun meines Landes haben

Es auch geliebt; ich wollte diese Farbe
Nicht anders tauschen, als um Euren Sinn
Zu stehlen, meine holde Königin.

Porzia. Bei meiner Wahl lenkt mich ja nicht allein
Die zarte Fordrung eines Mädchenauges;
Auch schließt das Los, woran mein Schicksal hängt,
Mich von dem Recht des freien Wählens aus.
Doch, hätte mich mein Vater nicht beengt,
Mir auferlegt durch seinen Willen, dem
Zur Gattin mich zu geben, welcher mich
Auf solche Art gewinnt, wie ich Euch sagte:
Ihr hättet gleichen Anspruch, großer Prinz,
Mit jedem Freier, den ich sah bis jetzt,
Auf meine Neigung.

Marokko. Habt auch dafür Dank.
Drum führt mich zu den Kästchen, daß ich gleich
Mein Glück versuche. Bei diesem Säbel, der
Den Sophi schlug und einen Perserprinz,
Der dreimal Sultan Soliman besiegt:
Die wildsten Augen wollt ich überblitzen,
Das kühnste Herz auf Erden übertrotzen,
Die Jungen reißen von der Bärin weg,
Ja, wenn er brüllt nach Raub, den Löwen höhnen,
Dich zu gewinnen, Fräulein! Aber ach!
Wenn Herkules und Lichas Würfel spielen,
Wer tapfrer ist, so kann der beßre Wurf
Durch Zufall kommen aus der schwächern Hand;
So unterliegt Alcides seinem Knaben,
Und so kann ich, wenn blindes Glück mich führt,

Verfehlen, was dem minder Würdgen wird,
Und Grames sterben.

Porzia. Ihr müßt Eur Schicksal nehmen,
Es überhaupt nicht wagen, oder schwören,
Bevor Ihr wählet, wenn Ihr irrig wählt,
In Zukunft nie mit irgendeiner Frau
Von Eh zu sprechen: also seht Euch vor!

Marokko. Ich will's auch nicht, kommt, bringt mich zur Entscheidung.

Porzia. Vorher zum Tempel; nach der Mahlzeit mögt Ihr
Das Los versuchen.

Marokko. Gutes Glück also!
Bald über alles elend oder froh.

(Alle ab.)

Zweite Szene

Venedig. Eine Straße

Lanzelot Gobbo kommt

Lanzelot. Sicherlich, mein Gewissen läßt mir's zu, von diesem Juden, meinem Herrn, wegzulaufen. Der böse Feind ist mir auf der Ferse und versucht mich und sagt zu mir: „Gobbo, Lanzelot Gobbo, guter Lanzelot", oder „Guter Gobbo", oder „Guter Lanzelot Gobbo, brauch deine Beine, reiß aus, lauf davon." Mein Gewissen sagt: „Nein, hüte dich, ehrlicher Lanzelot; hüte dich, ehrlicher Gobbo"; oder, wie obgemeldet, „ehrlicher Lanzelot Gobbo; lauf nicht, laß das Ausreißen bleiben." Gut, der überaus herzhafte Feind heißt mich aufpacken; „Marsch!" sagt der Feind; „fort!" sagt der Feind;

„um des Himmels willen! faß dir ein wackres Herz“, sagt der Feind, „und lauf“. Gut, mein Gewissen hängt sich meinem Herzen um den Hals und sagt sehr weislich zu mir: „Mein ehrlicher Freund Lanzelot, da du eines ehrlichen Mannes Sohn bist“, oder vielmehr eines ehrlichen Weibes Sohn; denn die Wahrheit zu sagen, mein Vater hatte einen kleinen Beigeschmack, er war etwas ansäuerlich. – Gut, mein Gewissen sagt: „Lanzelot, weich und wanke nicht!“ – „Weiche“, sagt der Feind; „wanke nicht“, sagt mein Gewissen. „Gewissen“, sage ich, „dein Rat ist gut“; „Feind“, sage ich, „dein Rat ist gut“. Lasse ich mich durch mein Gewissen regieren, so bleibe ich bei dem Juden, meinem Herrn, der, Gott sei mir gnädig! eine Art von Teufel ist. Laufe ich von dem Juden weg, so lasse ich mich durch den bösen Feind regieren, der, mit Respekt zu sagen, der Teufel selber ist. Gewiß, der Jude ist der wahre eingefleischte Teufel, und, auf mein Gewissen, mein Gewissen ist gewissermaßen ein hartherziges Gewissen, daß es mir raten will, bei dem Juden zu bleiben. Der Feind gibt mir einen freundschaftlichen Rat; ich will laufen, Feind! meine Fersen stehen dir zu Gebote, ich will laufen.

Der alte Gobbo kommt mit einem Korbe.

Gobbo. Musje, junger Herr, Er da, sei Er doch so gut: wo gehe ich wohl zu des Herrn Juden seinem Hause hin?

Lanzelot *(beiseite)*.
O Himmel! mein eheleiblicher Vater, der zwar nicht pfahlblind, aber doch so ziemlich stockblind ist und mich nicht kennt. Ich will mir einen Spaß mit ihm machen.

Gobbo. Musje, junger Herr, sei Er so gut: wo gehe ich zu des Herrn Juden seinem Hause hin?

Lanzelot. Schlagt Euch rechter Hand an der nächsten Ecke, aber bei der allernächsten Ecke linker Hand; versteht, bei der ersten nächsten Ecke schlagt Euch weder rechts noch links, sondern dreht Euch schnurgerade aus nach des Juden seinem Hause herum.

Gobbo. Potz Wetterchen, das wird ein schlimmer Weg zu finden sein. Könnt Ihr mir nicht sagen, ob ein gewisser Lanzelot, der sich bei ihm aufhält, sich bei ihm aufhält oder nicht?

Lanzelot. Sprecht Ihr vom jungen Monsieur Lanzelot? *(Beiseite.)* Nun gebt Achtung, nun will ich loslegen. – Sprecht Ihr vom jungen Monsieur Lanzelot?

Gobbo. Kein Monsieur, Herr, sondern eines armen Mannes Sohn. Sein Vater, ob ich es schon sage, ist ein herzlich armer Mann und, Gott sei Dank, recht wohlauf.

Lanzelot. Gut, sein Vater mag sein, was er will; hier ist die Rede vom jungen Monsieur Lanzelot.

Gobbo. Eurem gehorsamen Diener und Lanzelot, Herr.

Lanzelot. Ich bitte Euch demnach, alter Mann, demnach ersuche ich Euch: sprecht Ihr vom jungen Monsieur Lanzelot?

Gobbo. Von Lanzelot, wenn's Eur Gnaden beliebt.

Lanzelot. Demnach Monsieur Lanzelot. Sprecht nicht von Monsieur Lanzelot, Vater; denn der junge Herr ist (vermöge der Schickungen und Verhängnisse und solcher wunderlichen Redensarten, der drei Schwestern und dergleichen Fächern der Gelahrtheit) in Wahrheit Todes verblichen oder, um es rund herauszusagen, in die Ewigkeit gegangen.

Gobbo. Je, da sei Gott vor! Der Junge war so recht der Stab meines Alters, meine beste Stütze. –

Lanzelot. Seh ich wohl aus wie ein Knittel oder wie ein Zaunpfahl, wie ein Stab oder eine Stütze? – Kennt Ihr mich, Vater?

Gobbo. Ach du liebe Zeit, ich kenne Euch nicht, junger Herr; aber ich bitte Euch, sagt mir, ist mein Junge – Gott hab ihn selig! – lebendig oder tot?

Lanzelot. Kennt Ihr mich nicht, Vater?

Gobbo. Lieber Himmel! ich bin ein alter blinder Mann, ich kenne Euch nicht.

Lanzelot. Nun wahrhaftig, wenn Ihr auch Eure Augen hättet, so könntet Ihr mich doch wohl nicht kennen; das ist ein weiser Vater, der sein eignes Kind kennt. Gut, alter Mann, ich will Euch Nachricht von Eurem Sohne geben. Gebt mir Euren Segen! Wahrheit muß ans Licht kommen. Ein Mord kann nicht lange verborgen bleiben, eines Menschen Sohn kann's; aber zuletzt muß die Wahrheit heraus.

Gobbo. Ich bitte Euch, Herr, steht auf, ich bin gewiß, Ihr seid mein junge Lanzelot nicht.

Lanzelot. Ich bitte Euch, laßt uns weiter keine Possen damit treiben, sondern gebt mir Euern Segen. Ich bin Lanzelot, Euer Junge, der da war, Euer Sohn, der da ist, Euer Kind, das da sein wird.

Gobbo. Ich kann mir nicht denken, daß Ihr mein Sohn seid.

Lanzelot. Ich weiß nicht, was ich davon denken soll; aber ich bin Lanzelot, des Juden Diener, und ich bin gewiß, Margrete, Eure Frau, ist meine Mutter.

Gobbo. Ganz recht, ihr Name ist Margrete; ich will einen Eid tun, wenn du Lanzelot bist, so bist du mein eigen Fleisch und Blut. Gott im Himmelsthrone! was hast du für einen Bart gekriegt? – Du hast mehr Haar am Kinne, als mein Karrengaul Fritz am Schwanze hat.

Lanzelot. Je, so läßt's ja, als ob Fritz sein Schwanz rückwärts wüchse; ich weiß doch, er hatte mehr Haar im Schwanze als im Gesicht, da ich ihn das letztemal sah.

Gobbo. Herrje, wie du dich verändert hast! Wie verträgst du dich mit deinem Herrn? Ich bringe ihm ein Präsent; nun, wie vertragt ihr euch?

Lanzelot. Gut, gut! aber für meine Person, da ich mich darauf gesetzt habe, davonzulaufen, so will ich mich nicht eher niedersetzen, als bis ich ein Stück Weges gelaufen bin. Mein Herr ist ein rechter Jude; ihm ein Präsent geben! Einen Strick gebt ihm. Ich bin ausgehungert in seinem Dienst; Ihr könnt jeden Finger, den ich habe, mit meinen Rippen zählen. Vater, ich bin froh, daß Ihr gekommen seid. Gebt mir Euer Präsent für einen gewissen Herrn Bassanio, der wahrhaftig prächtige neue Livreien gibt. Komme ich nicht bei ihm in Dienst, so will ich laufen, soweit Gottes Erdboden reicht. Welch ein Glück! da kommt er selbst. Macht Euch an ihn, Vater, denn ich will ein Jude sein, wenn ich bei dem Juden länger diene.

Bassanio kommt mit Leonardo und andern Begleitern.

Bassanio. Das könnt Ihr tun – aber seid so bei der Hand, daß das Abendessen spätestens um fünf Uhr fertig ist. Besorgt diese Briefe, gebt diese Livreien in Arbeit und bittet Graziano, sogleich in meine Wohnung zu kommen.

(Ein Bedienter ab.)

Lanzelot. Macht Euch an ihn, Vater?

Gobbo. Gott segne Euer Gnaden!

Bassanio. Großen Dank! Willst du was von mir?

Gobbo. Da ist mein Sohn, Herr, ein armer Junge –

Lanzelot. Kein armer Junge, Herr, sondern des reichen Juden Diener, der gerne möchte, wie mein Vater spezifizieren wird –

Gobbo. Er hat, wie man zu sagen pflegt, eine große Deklination zu dienen –

Lanzelot. Wirklich, das Kurze und das Lange von der Sache ist: ich diene dem Juden und trage Verlangen, wie mein Vater spezifizieren wird –

Gobbo. Sein Herr und er (mit Respekt vor Euer Gnaden zu sagen) vertragen sich wie Katzen und Hunde –

Lanzelot. Mit einem Worte, die reine Wahrheit ist, daß der Jude, da er mir Unrecht getan, mich nötigt, wie mein Vater, welcher, so Gott will, ein alter Mann ist, notifizieren wird –

Gobbo. Ich habe hier ein Gericht Tauben, die ich bei Euer Gnaden anbringen möchte, und mein Gesuch ist –

Lanzelot. In aller Kürze, das Gesuch interzediert mich selbst, wie Euer Gnaden von diesem ehrlichen alten Mann hören werden, der, obschon ich es sage, obschon ein alter Mann, doch ein armer Mann und mein Vater ist.

Bassanio. Einer spreche für beide. Was wollt Ihr?

Lanzelot. Euch dienen, Herr.

Gobbo. Ja, das wollten wir Euch gehorsamst opponieren.

Bassanio. Ich kenne dich, die Bitt ist dir gewährt;
Shylock, dein Herr, hat heut mit mir gesprochen
Und dich empfohlen; wenn's empfehlenswert,
Aus eines reichen Juden Dienst zu gehn,
Um einem armen Edelmann zu folgen.

Lanzelot. Das alte Sprichwort ist recht schön verteilt zwischen meinem Herrn Shylock und Euch, Herr: Ihr habt die Gnade Gottes, und er hat genug.

Bassanio. Du triffst es; Vater, geh mit deinem Sohn.
Nimm Abschied erst von deinem alten Herrn
Und frage dich nach meiner Wohnung hin.
(Zu seinen Begleitern.) Ihr, gebt ihm eine nettere Livrei
Als seinen Kameraden; sorgt dafür!

Lanzelot. Kommt her, Vater. – Ich kann keinen Dienst kriegen; nein! ich habe gar kein Mundwerk am Kopfe. – Gut! – *(Er besieht seine flache Hand.)* Wenn einer in ganz Italien eine schönere Tafel hat, damit auf die Schrift zu schwören – Ich werde gut Glück haben; ohne Umstände, hier ist eine ganz schlechte Lebenslinie; hier ist 'ne Kleinigkeit an Frauen. Ach, fünfzehn Weiber sind nichts! elf Witwen und neun Mädchen ist ein knappes Auskommen für *einen* Mann. Und dann, dreimal ums Haar zu ersaufen und mich an der Ecke eines Federbettes beinah tot zu stoßen – das heiße ich gut davonkommen! Gut, wenn Glück ein Weib ist, so ist sie doch eine gute Dirne mit ihrem Kram. – Kommt, Vater, ich nehme in *einem* Umsehn von dem Juden Abschied.

(Lanzelot und der alte Gobbo ab.)

Bassanio. Tu das, ich bitt dich, guter Leonardo;
Ist dies gekauft und ordentlich besorgt,
Komm schleunig wieder; denn zur Nacht bewirt ich
Die besten meiner Freunde; eil dich, geh!

Leonardo. Verlaßt Euch auf mein eifrigstes Bemühn.

Graziano kommt.

Graziano. Wo ist dein Herr?

Leonardo. Er geht da drüben, Herr. *(Leonardo ab.)*

Graziano. Signor Bassanio!

Bassanio. Graziano!

Graziano. Ich habe ein Gesuch an Euch.

Bassanio. Ihr habt es schon erlangt.

Graziano. Ihr müßt mir's nicht weigern; ich muß mit Euch nach Belmont gehen.

Bassanio. Nun ja, so müßt Ihr – aber hör, Graziano,
Du bist zu wild, zu rauh, zu keck im Ton:
Ein Wesen, welches gut genug dir steht
Und Augen wie den unsern nicht mißfällt.
Doch wo man dich nicht kennt, ja, da erscheint
Es allzufrei; drum nimm dir Müh und dämpfe
Mit ein paar kühlen Tropfen Sittsamkeit
Den flüchtgen Geist, daß ich durch deine Wildheit
Dort nicht mißdeutet werd und meine Hoffnung
Zugrunde geht.

Graziano. Signor Bassanio, hört mich:
Wenn ich mich nicht zu feinem Wandel füge,
Mit Ehrfurcht red und dann und wann nur fluche,
Gebetbuch in der Tasche, Kopf geneigt;
Ja, selbst beim Tischgebet so vors Gesicht
Den Hut mir halt und seufz und Amen sage;
Nicht allen Brauch der Höflichkeit erfülle,
Wie einer, der, der Großmama zulieb,
Scheinheilig tut: so traut mir niemals mehr.

Bassanio. Nun gut, wir werden sehn, wie Ihr Euch nehmt.

Graziano. Nur heute nehm ich aus; das gilt nicht mir,
Was ich heut abend tu.

Bassanio. Nein, das wär schade;
Ich bitt Euch, lieber in den kecksten Farben
Der Lust zu kommen; denn wir haben Freunde,
Die lustig wollen sein. Lebt wohl indes,
Ich habe ein Geschäft.

Graziano. Und ich muß zu Lorenzo und den andern,
Doch auf den Abend kommen wir zu Euch.

(Alle ab.)

Dritte Szene

Ein Zimmer in Shylocks Hause

Jessica und Lanzelot kommen

Jessica. Es tut mir leid, daß du uns so verläßt;
Dies Haus ist Hölle, und du, ein lustger Teufel,
Nahmst ihm ein Teil von seiner Widrigkeit.
Doch lebe wohl; da hast du 'nen Dukaten!
Und, Lanzelot, du wirst beim Abendessen
Lorenzo sehn als Gast von deinem Herrn.
Dann gib ihm diesen Brief, tu es geheim;
Und so leb wohl, daß nicht etwa mein Vater
Mich mit dir reden sieht.

Lanzelot. Adieu! – Tränen müssen meine Zunge vertreten, allerschönste Heidin! allerliebste Jüdin! Wenn ein Christ nicht zum Schelm an dir wird, und dich bekommt, so trügt mich alles. Aber adieu! Diese törichten Tropfen erweichen meinen männlichen Mut allzusehr. *(Ab.)*

Jessica. Leb wohl, du Guter!
Ach wie gehässig ist es nicht von mir,
Daß ich des Vaters Kind zu sein mich schäme;
Doch, bin ich seines Blutes Tochter schon,
Bin ich's nicht seines Herzens. O Lorenzo,
Hilf mir dies lösen! treu dem Worte bleib!
So werd ich Christin und dein liebend Weib. *(Ab.)*

Vierte Szene

Eine Straße

Graziano, Lorenzo, Salarino und Solanio treten auf

Lorenzo. Nun gut, wir schleichen weg vom Abendessen,
Verkleiden uns in meinem Haus und sind
In einer Stunde alle wieder da.

Graziano. Wir haben uns nicht recht darauf gerüstet.

Salarino. Auch keine Fackelträger noch bestellt.

Solanio. Wenn es nicht zierlich anzuordnen steht,
So ist es nichts und unterbliebe besser.

Lorenzo. 's ist eben vier; wir haben noch zwei Stunden
Zur Vorbereitung.
Lanzelot kommt mit einem Briefe.
Freund Lanzelot, was bringst du?

Lanzelot. Wenn's Euch beliebt, dies aufzubrechen, so wird es gleichsam andeuten.

Lorenzo. Ich kenne wohl die Hand; ja, sie ist schön;
Und weißer als das Blatt, worauf sie schrieb,
Ist diese schöne Hand.

Graziano. Auf meine Ehre, eine Liebesbotschaft.

Lanzelot. Mit Eurer Erlaubnis, Herr.

Lorenzo. Wo willst du hin?

Lanzelot. Nun, Herr, ich soll meinen alten Herrn, den Juden, zu meinem neuen Herrn, dem Christen, auf heute zum Abendessen laden.

Lorenzo. Da nimm dies; sag der schönen Jessica,
Daß ich sie treffen will. – Sag's heimlich! geh;
(Lanzelot ab.)
Ihr Herrn,
Wollt ihr euch zu dem Maskenzug bereiten?
Ich bin versehn mit einem Fackelträger.

Salarino. Ja, auf mein Wort, ich gehe gleich danach.

Solanio. Das will ich auch.

Lorenzo. Trefft mich und Graziano.
In einer Stund in Grazianos Haus.

Salarino. Gut das, es soll geschehn.

(Salarino und Solanio ab.)

Graziano. Der Brief kam von der schönen Jessica?

Lorenzo. Ich muß dir's nur vertraun: sie gibt mir an,
Wie ich sie aus des Vaters Haus entführe;
Sie sei versehn mit Gold und mit Juwelen,
Ein Pagenanzug liege schon bereit.
Kommt je der Jud, ihr Vater, in den Himmel,
So ist's um seiner holden Tochter willen;
Und nie darf Unglück in den Weg ihr treten,
Es müßte denn mit diesem Vorwand sein,

Daß sie von einem falschen Juden stammt.
Komm, geh mit mir und lies im Gehn dies durch;
Mir trägt die schöne Jessica die Fackel.

(Beide ab.)

Fünfte Szene

Vor Shylocks Hause

Shylock und Lanzelot kommen

Shylock. Gut, du wirst sehn mit deinen eignen Augen
Des alten Shylocks Abstand von Bassanio.
He, Jessica! – Du wirst nicht voll dich stopfen,
Wie du bei mir getan – He, Jessica! –
Und liegen, schnarchen, Kleider nur zerreißen –
He, sag ich, Jessica!

Lanzelot. He, Jessica!

Shylock. Wer heißt dich schrein? Ich hab's dir nicht geheißen.

Lanzelot. Euer Edlen pflegten immer zu sagen, ich könnte nichts ungeheißen tun.

Jessica kommt.

Jessica. Ruft Ihr? Was ist Euch zu Befehl?

Shylock. Ich bin zum Abendessen ausgebeten.
Da hast du meine Schlüssel, Jessica.
Zwar weiß ich nicht, warum ich geh; sie bitten
Mich nicht aus Liebe, nein, sie schmeicheln mir;
Doch will ich gehn aus Haß, auf den Verschwender
Von Christen zehren. – Jessica, mein Kind,

Acht auf mein Haus! – Ich geh recht wider Willen.
Es braut ein Unglück gegen meine Ruh,
Denn diese Nacht träumt ich von Säcken Geldes.

Lanzelot. Ich bitte Euch, Herr, geht; mein junger Herr erwartet Eure Zukunft.

Shylock. Ich seine auch.

Lanzelot. Und sie haben sich verschworen. – Ich sage nicht, daß Ihr eine Maskerade sehen sollt; aber wenn Ihr eine seht, so war es nicht umsonst, daß meine Nase an zu bluten fing, auf den letzten Ostermontag des Morgens um sechs Uhr, der das Jahr auf den Tag fiel, wo vier Jahre vorher nachmittags Aschermittwoch war.

Shylock. Was? gibt es Masken? Jessica, hör an:
Verschließ die Tür, und wenn du Trommeln hörst
Und das Gequäk der quergehalsten Pfeife,
So klettre mir nicht an den Fenstern auf;
Steck nicht den Kopf hinaus in offne Straße,
Nach Christennarren mit bemaltem Antlitz
Zu gaffen; stopfe meines Hauses Ohren –
Die Fenster, mein ich – zu und laß den Schall
Der albern' Geckerei nicht dringen in
Mein ehrbar Haus. Bei Jakobs Stabe schwör ich:
Ich habe keine Lust, zu Nacht zu schmausen;
Doch will ich gehn. – Du Bursch, geh mir voran;
Sag, daß ich komme.

Lanzelot. Herr, ich will vorangehn.
Guckt nur am Fenster, Fräulein, trotz dem allem;
Denn vorbeigehn wird ein Christ,
Wert, daß ihn 'ne Jüdin küßt. *(Ab.)*

Shylock. Was sagt der Narr von Hagars Stamme? he?

Jessica. Sein Wort war: „Fräulein, lebet wohl“ – sonst nichts.

Shylock. Der Laff ist gut genug, jedoch ein Fresser,
'ne Schnecke zum Gewinn und schläft bei Tag
Mehr als das Murmeltier; in meinem Stock
Baun keine Drohnen; drum laß ich ihn gehn
Und laß ihn gehn zu einem, dem er möge
Den aufgeborgten Beutel leeren helfen.
Gut, Jessica, geh nun ins Haus hinein,
Vielleicht komm ich im Augenblicke wieder.
Tu, was ich dir gesagt, schließ hinter dir
Die Türen; fest gebunden, fest gefunden,
Das denkt ein guter Wirt zu allen Stunden. *(Ab.)*

Jessica. Lebt wohl, und denkt das Glück nach meinem Sinn,
Ist mir ein Vater, Euch ein Kind dahin. *(Ab.)*

Sechste Szene

Ebendaselbst

Graziano und Salarino kommen maskiert

Graziano. Dies ist das Vordach, unter dem Lorenzo
Uns haltzumachen bat.

Salarino. Die Stund ist fast vorbei.

Graziano. Und Wunder ist es, daß er sie versäumt;
Verliebte laufen stets der Uhr voraus.

Salarino. O zehnmal schneller fliegen Venus' Tauben,
Den neuen Bund der Liebe zu versiegeln,
Als sie gewohnt sind, unverbrüchlich auch
Gegebne Treu zu halten.

Graziano. So geht's in allem; wer steht auf vom Mahl
Mit gleicher Eßlust, als er niedersaß?
Wo ist das Pferd, das seine lange Bahn
Zurückmißt mit dem ungedämpften Feuer,
Womit es sie betreten? Jedes Ding
Wird mit mehr Trieb erjaget als genossen.
Wie ähnlich einem Wildfang und Verschwender
Eilt das beflaggte Schiff aus heimscher Bucht,
Geliebkost und gehetzt vom Buhler Wind!
Wie ähnlich dem Verschwender kehrt es heim,
Zerlumpt die Segel, Rippen abgewittert,
Kahl, nackt, geplündert von dem Buhler Wind!

Lorenzo tritt auf.

Salarino. Da kommt Lorenzo, mehr hievon nachher.

Lorenzo. Entschuldigt, Herzensfreunde, den Verzug:
Nicht ich, nur mein Geschäft hat warten lassen.
Wenn ihr den Dieb um Weiber spielen wollt,
Dann wart ich auch so lang auf euch. – Kommt näher!
Hier wohnt mein Vater Jude – He! wer da?

Jessica oben am Fenster in Knabentracht.

Jessica. Wer seid Ihr? sagt's zu mehrer Sicherheit,
Wiewohl ich schwör, ich kenne Eure Stimme.

Lorenzo. Lorenzo und dein Liebster.

Jessica. Lorenzo sicher, und mein Liebster, ja!
Denn wen lieb ich so sehr? Und nun, wer weiß
Als Ihr, Lorenzo, ob ich Eure bin?

Lorenzo. Der Himmel und dein Sinn bezeugen dir's.

Jessica. Hier, fang dies Kästchen auf, es lohnt die Müh.
Gut, daß es Nacht ist, daß Ihr mich nicht seht,
Denn ich bin sehr beschämt von meinem Tausch;
Doch Lieb ist blind, Verliebte sehen nicht
Die artgen Kinderein, die sie begehen;
Denn könnten sie's, Cupido würd erröten,
Als Knaben so verwandelt mich zu sehn.

Lorenzo. Kommt, denn Ihr müßt mein Fackelträger sein.

Jessica. Was? muß ich selbst noch leuchten meiner Schmach?
Sie liegt fürwahr schon allzusehr am Tage.
Ei, Lieber, 's ist ein Amt zum kundbar machen;
Ich muß verheimlicht sein.

Lorenzo. Das bist du, Liebe,
Im hübschen Anzug eines Knaben schon.
Doch komm sogleich,
Die finstre Nacht stiehlt heimlich sich davon;
Wir werden bei Bassanios Fest erwartet.

Jessica. Ich mach die Türen fest, vergülde mich
Mit mehr Dukaten noch und bin gleich bei Euch.

(Tritt zurück.)

Graziano. Nun! auf mein Wort! 'ne Göttin, keine Jüdin.

Lorenzo. Verwünscht mich, wenn ich sie nicht herzlich liebe;
Denn sie ist klug, wenn ich mich drauf verstehe,
Und schön ist sie, wenn nicht mein Auge trügt,
Und treu ist sie, so hat sie sich bewährt.
Drum sei sie, wie sie ist, klug, schön und treu,
Mir in beständigem Gemüt verwahrt.

Jessica kommt heraus.

Nun bist du da? – Ihr Herren, auf und fort!
Der Maskenzug erwartet schon uns dort.

(Ab mit Jessica und Salarino.)
Antonio tritt auf.

Antonio. Wer da?

Graziano. Signor Antonio.

Antonio. Ei, ei, Graziano, wo sind all die andern?
Es ist neun Uhr, die Freund erwarten Euch.
Kein Tanz zur Nacht, der Wind hat sich gedreht,
Bassanio will im Augenblick an Bord;
Wohl zwanzig Boten schickt ich aus nach Euch.

Graziano. Mir ist es lieb, nichts kann mich mehr erfreun,
Als unter Segel gleich die Nacht zu sein.

(Beide ab.)

Siebente Szene

Belmont. Ein Zimmer in Porzias Hause

Trompetenstoß. Porzia und der Prinz von Marokko treten auf, beide mit Gefolge

Porzia. Geht, zieht beiseit den Vorhang und entdeckt
Die Kästchen sämtlich diesem edlen Prinzen. –
Trefft Eure Wahl nunmehr.

Marokko. Von Gold das erste, das die Inschrift hat:
„Wer mich erwählt, gewinnt, was mancher Mann begehrt."
Das zweite, silbern, führet dies Versprechen:
„Wer mich erwählt, bekommt soviel, als er verdient."

Das dritte, schweres Blei, mit plumper Warnung:
„Wer mich erwählt, der gibt und wagt sein Alles dran."
Woran erkenn ich, ob ich recht gewählt?

Porzia. Das eine faßt mein Bildnis in sich, Prinz:
Wenn Ihr das wählt, bin ich zugleich die Eure.

Marokko. So leit ein Gott mein Urteil! Laßt mich sehn!
Ich muß die Sprüche nochmals überlesen.
Was sagt dies bleir'ne Kästchen?
„Wer mich erwählt, der gibt und wagt sein Alles dran."
Der gibt – wofür? für Blei? und wagt für Blei?
Dies Kästchen droht; wenn Menschen alles wagen,
Tun sie's in Hoffnung köstlichen Gewinns.
Ein goldner Mut fragt nichts nach niedern Schlacken,
Ich geb also und wage nichts für Blei.
Was sagt das Silber mit der Mädchenfarbe?
„Wer mich erwählt, bekommt soviel, als er verdient."
Soviel, als er verdient? – Halt ein, Marokko,
Und wäge deinen Wert mit steter Hand.
Wenn du geachtet wirst nach deiner Schätzung,
Verdienest du genug, doch kann genug
Wohl nicht soweit bis zu dem Fräulein reichen.
Und doch, mich ängsten über mein Verdienst,
Das wäre schwaches Mißtraun in mich selbst.
Soviel, als ich verdiene? – Ja, das ist
Das Fräulein; durch Geburt verdien ich sie,
Durch Glück, durch Zier und Gaben der Erziehung;
Doch mehr verdien ich sie durch Liebe. Wie,
Wenn ich nicht weiter schweift und wählte hier?
Laßt nochmals sehn den Spruch, in Gold gegraben:
„Wer mich erwählt, gewinnt, was mancher Mann begehrt.

Das ist das Fräulein; alle Welt begehrt sie,
Aus jedem Weltteil kommen sie herbei,
Dies sterblich atmend Heilgenbild zu küssen;
Hyrkaniens Wüsten und die wilden Öden
Arabiens sind gebahnte Straßen nun
Für Prinzen, die zur schönen Porzia reisen;
Das Reich der Wasser, dessen stolzes Haupt
Speit in des Himmels Antlitz, ist kein Damm
Für diese fremden Geister; nein, sie kommen
Wie über einen Bach zu Porzias Anblick.
Eins von den drein enthält ihr himmlisch Bild;
Soll Blei es in sich fassen? Lästrung wär's,
Zu denken solche Schmach; es wär zu schlecht,
Im düstern Grab ihr Leichentuch zu panzern.
Und soll ich glauben, daß sie Silber einschließt,
Von zehnmal minderm Wert als reines Gold?
O sündlicher Gedanke! Solch ein Kleinod
Ward nie geringer als in Gold gefaßt.
In England gibt's 'ne Münze, die das Bild
Von einem Engel führt, in Gold geprägt.
Doch der ist drauf gedruckt; hier liegt ein Engel
Ganz drin im goldnen Bett. – Gebt mir den Schlüssel,
Hier wähl ich, und geling es, wie es kann.

Porzia. Da nehmt ihn, Prinz, und liegt mein Bildnis da,
So bin ich Euer.

(Er schließt das goldne Kästchen auf.)

Marokko. O Hölle, was ist hier?
Ein Beingeripp, dem ein beschriebner Zettel
Im hohlen Auge liegt? Ich will ihn lesen:

„Alles ist nicht Gold, was gleißt,
Wie man oft Euch unterweist.
Manchen in Gefahr es reißt,
Was mein äußrer Schein verheißt;
Goldnes Grab hegt Würmer meist;
Wäret Ihr so weis als dreist,
Jung an Gliedern, alt an Geist,
So würdet Ihr nicht abgespeist
Mit der Antwort: Geht und reist."

Ja fürwahr, mit bittrer Kost;
Leb wohl denn, Glut! Willkommen, Frost!
Lebt, Porzia, wohl! Zu langem Abschied fühlt
Mein Herz zu tief; so scheidet, wer verspielt. *(Ab.)*

Porzia. Erwünschtes Ende! Geht, den Vorhang zieht!
So wähle jeder, der ihm ähnlich sieht. *(Alle ab.)*

Achte Szene

Venedig. Eine Straße

Salarino und Solanio treten auf

Salarino. Ja, Freund, ich sah Bassanio unter Segel;
Mit ihm ist Graziano abgereist,
Und auf dem Schiff ist sicher nicht Lorenzo.

Solanio. Der Schelm von Juden schrie den Dogen auf,
Der mit ihm ging, das Schiff zu untersuchen.

Salarino. Er kam zu spät, das Schiff war unter Segel;
Doch da empfing der Doge den Bericht,
In einer Gondel habe man Lorenzo
Mit seiner Liebsten Jessica gesehn;

Auch gab Antonio ihm die Versichrung,
Sie sei'n nicht mit Bassanio auf dem Schiff.

Solanio. Nie hört ich so verwirrte Leidenschaft,
So seltsam wild und durcheinander, als
Der Hund von Juden in den Straßen ausließ:
„Mein' Tochter – mein' Dukaten – o mein' Tochter!
Fort mit 'nem Christen – o mein' christlichen Dukaten!
Recht und Gericht! mein' Tochter! mein' Dukaten!
Ein Sack, zwei Säcke, beide zugesiegelt,
Voll von Dukaten, doppelten Dukaten!
Gestohl'n von meiner Tochter; und Juwelen,
Zwei Stein'- zwei reich' und köstliche Gestein',
Gestohl'n von meiner Tochter! O Gerichte,
Find't mir das Mädchen! – Sie hat die Steine bei sich
Und die Dukaten."

Salarino. Ja, alle Gassenbuben folgen ihm
Und schrein: „Die Stein', die Tochter, die Dukaten!"

Solanio. Daß nur Antonio nicht den Tag versäumt,
Sonst wird er hiefür zahlen.

Salarino. Gut bedacht!
Mir sagte gestern ein Franzose noch,
Mit dem ich schwatzte, in der engen See,
Die Frankreich trennt von England, sei ein Schiff
Von unserm Land verunglückt, reich geladen;
Ich dachte des Antonio, da er's sagte,
Und wünscht im stillen, daß es seins nicht wär.

Solanio. Ihr solltet ihm doch melden, was Ihr hört;
Doch tut's nicht plötzlich, denn es könnt ihn kränken.

Salarino. Ein beßres Herz lebt auf der Erde nicht.
Ich sah Bassanio und Antonio scheiden;
Bassanio sagt' ihm, daß er eilen wolle
Mit seiner Rückkehr. „Nein", erwidert' er,
„Schlag dein Geschäft nicht von der Hand, Bassanio,
Um meinetwillen, laß die Zeit es reifen.
Und die Verschreibung, die der Jude hat,
Laß sie beschweren nicht dein liebend Herz.
Sei fröhlich, wende die Gedanken ganz
Auf Gunstbewerbung und Bezeugungen
Der Liebe, wie sie dort dir ziemen mögen."
Und hier, die Augen voller Tränen, wandt er
Sich abwärts, reichte seine Hand zurück,
Und, als ergriff ihn wunderbare Rührung,
Drückt' er Bassanios Hand. So schieden sie.

Solanio. Ich glaub, er liebt die Welt nur seinetwegen;
Ich bitt Euch, laßt uns gehn, ihn aufzufinden,
Um seine Schwermut etwas zu zerstreun
Auf ein und andre Art.

Salarino. Ja, tun wir das.

(Beide ab.)

Neunte Szene

Belmont. Ein Zimmer in Porzias Hause

Nerissa kommt mit einem Bedienten

Nerissa. Komm, hurtig, hurtig, zieh den Vorhang auf!
Der Prinz von Arragon hat seinen Eid
Getan und kommt sogleich zu seiner Wahl.

Trompentenstoß. Der Prinz von Arragon, Porzia und beider Gefolge.

Porzia. Schaut hin, da stehn die Kästchen, edler Prinz!
Wenn Ihr das wählet, das mich in sich faßt,
Soll die Vermählung gleich gefeiert werden.
Doch fehlt Ihr, Prinz, so müßt Ihr ohne weiters
Im Augenblick von hier Euch wegbegeben.

Arragon. Drei Dinge gibt der Eid mir auf zu halten:
Zum ersten, niemals jemand kundzutun,
Welch Kästchen ich gewählt; sodann: verfehl ich
Das rechte Kästchen, nie in meinem Leben
Um eines Mädchens Hand zu werben; endlich:
Wenn sich das Glück zu meiner Wahl nicht neigt,
Sogleich Euch zu verlassen und zu gehn.

Porzia. Auf diese Pflichten schwört ein jeder, der
Zu wagen kommt um mein geringes Selbst.

Arragon. Und so bin ich gerüstet. Glück wohlauf
Nach Herzens Wunsch! – Gold, Silber, schlechtes Blei:
„Wer mich erwählt, der gibt und wagt sein Alles dran."
Du mußtest schöner aussehn, eh ich's täte.
Was sagt das goldne Kästchen? Ha, laßt sehn!
„Wer mich erwählt, gewinnt, was mancher Mann begehrt."
Was mancher Mann begehrt? – Dies *mancher* meint vielleicht
Die Torenmenge, die nach Scheine wählt,
Nur lernend, was ein blödes Auge lehrt;
Die nicht ins Innre dringt und wie die Schwalbe
Im Wetter bauet an der Außenwand,
Recht in der Kraft und Bahn des Ungefährs.
Ich wähle nicht, was mancher Mann begehrt,
Weil ich nicht bei gemeinen Geistern hausen,

Noch mich zu rohen Haufen stellen will.
Nun dann zu dir, du silbern Schatzgemach!
Sag mir noch mal die Inschrift, die du führst:
„Wer mich erwählt, bekommt soviel, als er verdient."
Ja, gut gesagt: denn wer darf darauf ausgehn,
Das Glück zu täuschen und geehrt zu sein,
Den das Verdienst nicht stempelt? Maße keiner
Sich einer unverdienten Würde an.
O würden Güter, Rang und Ämter nicht
Verderbterweis erlangt und würde Ehre
Durch das Verdienst des Eigners rein erkauft,
Wie mancher deckte dann sein bloßes Haupt!
Wie mancher, der befiehlt, gehorchte dann!
Wie viel des Pöbels würde ausgesondert
Aus reiner Ehre Saat! und wieviel Ehre
Gelesen aus der Spreu, dem Raub der Zeit,
Um neu zu glänzen! – Wohl, zu meiner Wahl!
„Wer mich erwählt, bekommt soviel, als er verdient."
Ich halt es mit Verdienst: gebt mir dazu den Schlüssel,
Und unverzüglich schließt mein Glück hier auf.

Porzia. Zu lang geweilt für das, was Ihr da findet.

Arragon. Was gibt's hier? Eines Gecken Bild, der blinzt
Und mir 'nen Zettel reicht! Ich will ihn lesen.
O wie so gar nicht gleichst du Porzien!
Wie gar nicht meinem Hoffen und Verdienst!
„Wer mich erwählt, bekommt soviel, als er verdient."
Verdient ich nichts als einen Narrenkopf?
Ist das mein Preis? Ist mein Verdienst nicht höher?

Porzia. Fehlen und richten sind getrennte Ämter,
Und die sich widersprechen.

Arragon. Was ist hier?

„Siebenmal im Feur geklärt
Ward dies Silber: so bewährt
Ist ein Sinn, den nichts betört.
Mancher achtet Schatten wert,
Dem ist Schattenheil beschert;
Mancher Narr in Silber fährt,
So auch dieser, der Euch lehrt:
Nehmet, wen Ihr wollt, zum Weib
Immer trägt mich Euer Leib.
Geht und sucht Euch Zeitvertreib!"

Mehr und mehr zum Narrn mich macht
Jede Stunde hier verbracht.
Mit einem Narrenkopf zum Frein
Kam ich her und geh mit zwein.
Herz, leb wohl! was ich versprach,
Halt ich, trage still die Schmach.

(Arragon mit Gefolge ab.)

Porzia. So ging dem Licht die Motte nach!
O diese weisen Narren! wenn sie wählen,
Sind sie so klug, durch Witz es zu verfehlen.

Nerissa. Die alte Sag ist keine Ketzerei.
Daß Frein und Hängen eine Schickung sei.

Porzia. Komm, zieh den Vorhang zu, Nerissa.

Ein Bedienter kommt.

Bedienter. Wo ist mein Fräulein?

Porzia. Hier; was will mein Herr?

Bedienter. An Eurem Tor ist eben abgestiegen
Ein junger Venezianer, welcher kommt,
Die nahe Ankunft seines Herrn zu melden,
Von dem er stattliche Begrüßung bringt;
Das heißt, nebst vielen artgen Worten, Gaben
Von reichem Wert; ich sahe niemals noch
Solch einen holden Liebesabgesandten.
Nie kam noch im April ein Tag so süß,
Zu zeigen, wie der Sommer köstlich nahe,
Als dieser Bote seinem Herrn voran.

Porzia. Nichts mehr, ich bitt dich; ich besorge fast,
Daß du gleich sagen wirst, er sei dein Vetter;
Du wendest solchen Festtagswitz an ihn.
Komm, komm, Nerissa; denn er soll mich freun,
Cupidos Herold, so geschickt und fein.

Nerissa. Bassanio, Herr des Herzens! laß es sein.

(Alle ab.)

Dritter Aufzug

Erste Szene

Venedig. Eine Straße

Solanio und Salarino treten auf

Solanio. Nun, was gibt's Neues auf dem Rialto?

Salarino. Ja, noch wird es nicht widersprochen, daß dem Antonio sein Schiff von reicher Ladung in der Meerenge gestrandet ist. Die Goodwins, denke ich, nennen sie die Stelle: eine sehr gefährliche

Sandbank, wo die Gerippe von manchem stattlichen Schiff begraben liegen, wenn Gevatterin Fama eine Frau von Wort ist.

Solanio. Ich wollte, sie wäre darin eine so lügenhafte Gevatterin, als jemals eine Ingwer kaute oder ihren Nachbarn weismachte, sie weine um den Tod ihres dritten Mannes. Aber es ist wahr – ohne alle Umschweife, und ohne die gerade, ebne Bahn des Gespräches zu kreuzen – daß der gute Antonio, der redliche Antonio – o daß ich eine Benennung wüßte, die gut genug wäre, seinem Namen Gesellschaft zu leisten! –

Salarino. Wohlan, zum Schluß!

Solanio. He, was sagst du? – Ja, das Ende ist, er hat ein Schiff eingebüßt.

Salarino. Ich wünsche, es mag das Ende seiner Einbußen sein.

Solanio. Laßt mich beizeiten Amen sagen, ehe mir der Teufel einen Querstrich durch mein Gebet macht; denn hier kommt er in Gestalt eines Juden.

Shylock kommt.

Wie steht's, Shylock? Was gibt es Neues unter den Kaufleuten?

Shylock. Ihr wußtet, niemand besser, niemand besser als Ihr um meiner Tochter Flucht.

Salarino. Das ist richtig; ich meinerseits kannte den Schneider, der ihr die Flügel zum Wegfliegen gemacht hat.

Solanio. Und Shylock seinerseits wußte, daß der Vogel flügge war; und dann haben sie es alle in der Art, das Nest zu verlassen.

Shylock. Sie ist verdammt dafür.

Salarino. Das ist sicher, wenn der Teufel ihr Richter sein soll.

Shylock. Daß mein eigen Fleisch und Blut sich so empörte!

Solanio. Pfui dich an, altes Fell! bei dem Alter empört es sich?

Shylock. Ich sage, meine Tochter ist mein Fleisch und Blut.

Salarino. Zwischen deinem Fleisch und ihrem ist mehr Unterschied als zwischen Ebenholz und Elfenbein, mehr zwischen eurem Blute als zwischen rotem Wein und Rheinwein. – Aber sagt uns, was hört Ihr: hat Antonio einen Verlust zur See gehabt oder nicht?

Shylock. Da hab ich einen andern schlimmen Handel: ein Bankerottierer, ein Verschwender, der sich kaum auf dem Rialto darf blicken lassen; ein Bettler, der so schmuck auf den Markt zu kommen pflegte! Er sehe sich vor mit seinem Schein! Er hat mich immer Wucherer genannt – er sehe sich vor mit seinem Schein! – er verlieh immer Geld aus christlicher Liebe, – er sehe sich vor mit seinem Schein!

Salarino. Nun, ich bin sicher, wenn er verfällt, so wirst du sein Fleisch nicht nehmen: wozu wär es gut?

Shylock. Fische mit zu ködern. Sättigt es sonst niemanden, so sättigt es doch meine Rache. Er hat mich beschimpft, mir 'ne halbe Million gehindert; meinen Verlust belacht, meinen Gewinn bespottet, mein Volk geschmäht, meinen Handel gekreuzt, meine Freunde verleitet, meine Feinde gehetzt. Und was hat er für Grund! Ich bin ein Jude. Hat nicht ein Jude Augen? Hat nicht ein Jude Hände, Gliedmaßen, Werkzeuge, Sinne, Neigungen, Leidenschaften? Mit derselben Speise genährt, mit denselben Waffen verletzt, denselben Krankheiten unterworfen, mit denselben Mitteln geheilt, gewärmt und gekältet von eben dem Winter und Sommer als ein Christ? Wenn ihr uns stecht, bluten wir nicht? Wenn ihr uns kitzelt, lachen wir nicht? Wenn ihr uns vergiftet, sterben wir nicht? Und wenn ihr uns beleidigt, sollen wir uns nicht rächen? Sind wir euch in allen Dingen ähnlich, so wollen wir's euch auch darin gleich tun. Wenn ein Jude einen Christen beleidigt, was ist seine Demut? Rache. Wenn ein Christ einen Juden beleidigt, was muß seine Geduld sein nach christlichem Vorbild? Nu, Rache. Die Bosheit, die ihr mich lehrt, die will ich ausüben, und es muß schlimm hergehen, oder ich will es meinen Meistern zuvortun.

Ein Bedienter kommt.

Bedienter. Edle Herren, Antonio, mein Herr, ist zu Hause und wünscht euch zu sprechen.

Salarino. Wir haben ihn allenthalben gesucht.

Tubal kommt.

Solanio. Hier kommt ein anderer von seinem Stamm; der dritte Mann ist nicht aufzutreiben, der Teufel selbst müßte denn Jude werden.

(Solanio, Salarino und Bedienter ab.)

Shylock. Nun, Tubal, was bringst du Neues von Genua? Hast du meine Tochter gefunden?

Tubal. Ich bin oft an Örter gekommen, wo ich von ihr hörte, aber ich kann sie nicht finden.

Shylock. Ei so, so, so, so! Ein Diamant fort, kostet mich zweitausend Dukaten zu Frankfurt. Der Fluch ist erst jetzt auf unser Volk gefallen, ich hab ihn niemals gefühlt bis jetzt. Zweitausend Dukaten dafür! und noch mehr kostbare, kostbare Juwelen! Ich wollte, meine Tochter läge tot zu meinen Füßen und hätte die Juwelen in den Ohren! Wollte, sie läge eingesargt zu meinen Füßen, und die Dukaten im Sarge! Keine Nachricht von ihnen! Ei, daß dich! – und ich weiß noch nicht, was beim

Nachsetzen draufgeht. Ei, du Verlust über Verlust! Der Dieb mit soviel davongegangen, und soviel, um den Dieb zu finden; und keine Genugtuung, keine Rache! Kein Unglück tut sich auf, als was mir auf den Hals fällt; keine Seufzer, als die ich ausstoße, keine Tränen, als die ich vergieße.

Tubal. Ja, andre Menschen haben auch Unglück. Antonio, so hört ich in Genua –

Shylock. Was, was, was? Ein Unglück? ein Unglück?

Tubal. Hat eine Galeone verloren, die von Tripolis kam.

Shylock. Gott sei gedankt! Gott sei gedankt! Ist es wahr? ist es wahr?

Tubal. Ich sprach mit ein paar von den Matrosen, die sich aus dem Schiffbruch gerettet.

Shylock. Ich danke dir, guter Tubal! Gute Zeitung, gute Zeitung! – Wo? in Genua?

Tubal. Eure Tochter vertat in Genua, wie ich hörte,
in *einem* Abend achtzig Dukaten!

Shylock. Du gibst mir einen Dolchstich – ich kriege mein Gold nicht wieder zu sehn – Achtzig Dukaten in *einem* Strich! achtzig Dukaten!

Tubal. Verschiedene von Antonios Gläubigern reisten mit mir zugleich nach Venedig; die beteuerten, er müsse notwendig fallieren.

Shylock. Das freut mich sehr! ich will ihn peinigen, ich will ihn martern; das freut mich!

Tubal. Einer zeigte mir einen Ring, den ihm Eure Tochter für einen Affen gab.

Shylock. Daß sie die Pest! Du marterst mich, Tubal. Es war mein Türkis, ich bekam ihn von Lea, als ich noch Junggeselle war; ich hätte ihn nicht für einen Wald von Affen weggegeben.

Tubal. Aber Antonio ist gewiß ruiniert.

Shylock. Ja, das ist wahr! das ist wahr! Geh, Tubal, miete mir einen Amtsdiener, bestell ihn vierzehn Tage vorher. Ich will sein Herz haben, wenn er verfällt; denn wenn er aus Venedig weg ist, so kann ich Handel treiben, wie ich will. Geh, geh, Tubal, und triff mich bei unsrer Synagoge! geh, guter Tubal! bei unsrer Synagoge, Tubal! *(Ab.)*

Zweite Szene

Belmont. Ein Zimmer in Porzias Hause

Bassanio, Porzia, Graziano, Nerissa und Gefolge treten auf
Die Kästchen sind aufgestellt

Porzia. Ich bitt Euch, wartet ein, zwei Tage noch,
Bevor Ihr wagt; denn wählt Ihr falsch, so büße
Ich Euren Umgang ein; darum verzieht.
Ein Etwas sagt mir (doch es ist nicht Liebe),
Ich möcht Euch nicht verlieren; und Ihr wißt,
Es rät der Haß in diesem Sinne nicht.
Allein damit Ihr recht mich deuten möchtet
(Und doch, ein Mädchen spricht nur mit Gedanken),
Behielt' ich gern Euch ein paar Tage hier,
Eh Ihr für mich Euch wagt. Ich könnt Euch leiten
Zur rechten Wahl, dann bräch ich meinen Eid;
Das will ich nie; so könnt Ihr mich verfehlen.
Doch wenn Ihr's tut, macht Ihr mich sündlich wünschen,

Ich hätt ihn nur gebrochen. O der Augen,
Die so bezaubert mich und mich geteilt!
Halb bin ich Eur, die andre Hälfte Euer –
Mein, wollt ich sagen; doch wenn mein, dann Euer,
Und so ganz Euer. O die böse Zeit,
Die Eignern ihre Rechte vorenthält!
Und so, ob Euer schon, nicht Euer. – Trifft es,
So sei das Glück dafür verdammt, nicht ich.
Zu lange red ich, doch nur um die Zeit
Zu dehnen, in die Länge sie zu ziehn,
Die Wahl noch zu verzögern.

Bassanio. Laßt mich wählen,
Denn wie ich jetzt bin, leb ich auf der Folter.

Porzia. Bassanio, auf der Folter? So bekennt,
Was für Verrat in Eurer Liebe steckt.

Bassanio. Allein der häßliche Verrat des Mißtrauns,
Der mich am Glück der Liebe zweifeln läßt.
So gut verbände Schnee und Feuer sich
Zum Leben, als Verrat und meine Liebe.

Porzia. Ja, doch ich sorg, Ihr redet auf der Folter,
Wo sie, gezwungen, sagen, was man will.

Bassanio. Verheißt mir Leben, so bekenn ich Wahrheit.

Porzia. Nun wohl, bekennt und lebt!

Bassanio. Bekennt und liebt!
Mein ganz Bekenntnis wäre dies gewesen.
O selge Folter, wenn der Folterer
Mich Antwort lehrt zu meiner Lossprechung?
Doch laßt mein Heil mich bei den Kästchen suchen.

Porzia. Hinzu denn! Eins darunter schließt mich ein;
Wenn Ihr mich liebt, so findet Ihr es aus.
Nerissa und ihr andern steht beiseit. –
Laßt nun Musik ertönen, weil er wählt!
So, wenn er fehltrifft, end' er Schwanen gleich
Hinsterbend in Musik; daß die Vergleichung
Noch näher passe, sei mein Aug der Strom,
Sein wäßrig Totenbett. Er kann gewinnen,
Und was ist dann Musik? Dann ist Musik
Wie Paukenklang, wenn sich ein treues Volk
Dem neugekrönten Fürsten neigt; ganz so
Wie jene süßen Tön in erster Frühe,
Die in des Bräutigams schlummernd Ohr sich schleichen
Und ihn zur Hochzeit laden. Jetzo geht er
Mit minder Anstand nicht, mit weit mehr Liebe,
Als einst Alcides, da er den Tribut
Der Jungfrau löste, welchen Troja heulend
Dem Seeuntier gezahlt. Ich steh als Opfer,
Die dort von fern sind die Dardanschen Fraun
Mit rotgeweinten Augen, ausgegangen,
Der Tat Erfolg zu sehn. – Geh, Herkules!
Leb du, so leb ich! mit viel stärkerm Bangen
Seh ich den Kampf, als du ihn eingegangen.

(Musik, während Bassanio über die Kästchen mit sich zu Rate geht.)

Lied

Erste Stimme. Sagt, woher stammt Liebeslust?
Aus den Sinnen, aus der Brust?
Ist euch ihr Lebenslauf bewußt?

Zweite Stimme. In den Augen erst gehegt,
Wird Liebeslust durch Schaun gepflegt;
Stirbt das Kindchen, beigelegt
In der Wiege, die es trägt,
Läutet Totenglöckchen ihm;
Ich beginne: Bim! bim! bim!

Chor. Bim! bim! bim!

Bassanio. – So ist oft äußrer Schein sich selber fremd,
Die Welt wird immerdar durch Zier berückt.
Im Recht, wo ist ein Handel so verderbt,
Der nicht, geschmückt von einer holden Stimme,
Des Bösen Schein verdeckt? Im Gottesdienst,
Wo ist ein Irrwahn, den ein ehrbar Haupt
Nicht heiligte, mit Sprüchen nicht belegte,
Und bürge die Verdammlichkeit durch Schmuck?
Kein Laster ist so blöde, das von Tugend
Im äußern Tun nicht Zeichen an sich nähme.
Wie manche Feige, die Gefahren stehn
Wie Spreu dem Winde, tragen doch am Kinn
Den Bart des Herkules und finstern Mars,
Fließt gleich in ihren Herzen Blut wie Milch!
Und diese leihn des Mutes Auswuchs nur,
Um furchtbar sich zu machen. Blickt auf Schönheit,
Ihr werdet sehn, man kauft sie nach Gewicht,
Das hier ein Wunder der Natur bewirkt,
Und die es tragen, um so lockrer macht.
So diese schlänglicht krausen goldnen Locken,
Die mit den Lüften so mutwillig hüpfen
Auf angemaßtem Reiz: man kennt sie oft
Als eines zweiten Kopfes Ausstattung,

Der Schädel der sie trug, liegt in der Gruft.
So ist denn Zier die trügerische Küste
Von einer schlimmen See, der schöne Schleier,
Der Indiens Schöne birgt; mit einem Wort:
Die Scheinwahrheit, womit die schlaue Zeit
Auch Weise fängt. Darum, du gleißend Gold,
Des Midas harte Kost, dich will ich nicht,
Noch dich, gemeiner, bleicher Botenläufer
Von Mann zu Mann; doch du, du magres Blei,
Das eher droht als irgend was verheißt,
Dein schlichtes Ansehn spricht beredt mich an:
Ich wähle hier, und sei es wohlgetan!

Porzia. Wie jede Regung fort die Lüfte tragen!
Als irre Zweifel, ungestüm Verzagen
Und bange Schaur und blasse Schüchternheit.
O Liebe, mäßge dich in deiner Seligkeit!
Halt ein, laß deine Freuden sanfter regnen;
Zu stark fühl ich, du mußt mich minder segnen,
Damit ich nicht vergeh.

Bassanio *(öffnet das bleierne Kästchen).*
Was find ich hier?
Der schönen Porzia Bildnis? Welcher Halbgott
Kam so der Schöpfung nah? Regt sich dies Auge?
Wie, oder schwebend auf des meinen Wölbung,
Scheint es bewegt? Hier sind erschloßne Lippen,
Die Nektarodem trennt: so süße Scheidung
Muß zwischen solchen süßen Freunden sein.
Der Maler spielte hier in ihrem Haar,
Die Spinne wob ein Netz, der Männer Herzen
Zu fangen wie die Mück im Spinngeweb.

Doch ihre Augen – o wie konnt er sehn,
Um sie zu malen? Da er eins gemalt,
Dünkt mich, es mußt ihm seine beiden stehlen
Und ungepaart sich lassen. Doch seht, soweit
Die Wahrheit meines Lobes diesem Schatten
Zu nahe tut, da es ihn unterschätzt,
Soweit läßt diesen Schatten hinter sich
Die Wahrheit selbst zurück. – Hier ist der Zettel,
Der Inbegriff und Auszug meines Glücks.

„Ihr, der nicht auf Schein gesehn:
Wählt so recht und trefft so schön!
Weil Euch dieses Glück geschehn,
Wollet nicht nach anderm gehn.
Ist Euch dies nach Wunsch getan
Und findt Ihr Heil auf dieser Bahn,
Müßt Ihr Eurer Liebsten nahn,
Und sprecht mit holdem Kuß sie an.“

Ein freundlich Blatt – erlaubt, mein holdes Leben,
(er küßt sie)
Ich komm, auf Schein zu nehmen und zu geben,
Wie, wer um einen Preis mit andern ringt
Und glaubt, daß vor dem Volk sein Tun gelingt;
Er hört den Beifall, Jubel schallt zum Himmel:
Im Geist benebelt, staunt er – „Dies Getümmel
Des Preises“, fragt er sich, „gilt es denn mir?“
So, dreimal holdes Fräulein, steh ich hier,
Noch zweifelnd, ob kein Trug mein Auge blend't,
Bis Ihr bestätigt, zeichnet, anerkennt.

Porzia. Ihr seht mich, Don Bassanio, wo ich stehe,
So wie ich bin. Obschon für mich allein

Ich nicht ehrgeizig wär in meinem Wunsch,
Viel besser mich zu wünschen; doch für Euch
Wollt ich verdreifacht zwanzigmal ich selbst sein,
Noch tausendmal so schön, zehntausendmal
So reich. –
Nur um in Eurer Schätzung hoch zu stehn
Möcht ich an Gaben, Reizen, Gütern, Freunden
Unschätzbar sein; doch meine volle Summa
Macht etwas nur: das ist, in Bausch und Bogen,
Ein unerzognes, ungelehrtes Mädchen,
Darin beglückt, daß sie noch nicht zu alt
Zum Lernen ist; noch glücklicher, daß sie
Zum Lernen nicht zu blöde ward geboren;
Am glücklichsten, weil sie ihr weich Gemüt
Dem Euren überläßt, daß Ihr sie lenkt
Als ihr Gemahl, ihr Führer und ihr König.
Ich selbst, und was nur mein, ist Euch und Eurem
Nun zugewandt; noch eben war ich Eigner
Des schönen Guts hier, Herrin meiner Leute,
Monarchin meiner selbst; und eben jetzt
Sind Haus und Leut und ebendies „ich selbst"
Eur eigen, Herr. Nehmt sie mit diesem Ring;
Doch trennt Ihr Euch von ihm, verliert, verschenkt ihn,
So prophezei es Eurer Liebe Fall,
Und sei mein Anspruch gegen Euch zu klagen.

Bassanio. Fräulein, Ihr habt der Worte mich beraubt,
Mein Blut nur in den Adern spricht zu Euch;
Verwirrung ist in meinen Lebensgeistern,
Wie sie nach einer wohlgesprochnen Rede
Von einem teuren Prinzen wohl im Kreis
Der murmelnden zufriednen Meng erscheint,

Wo jedes Etwas, ineinander fließend,
Zu einem Chaos wird von nichts als Freude,
Laut und doch sprachlos. – Doch weicht dieser Ring
Von diesem Finger, dann weicht hier das Leben;
O dann sagt kühn, Bassanio sei tot!

Nerissa. Mein Herr und Fräulein, jetzt ist unsre Zeit,
Die wir dabei gestanden und die Wünsche
Gelingen sehn, zu rufen: Freud und Heil!
Habt Freud und Heil, mein Fräulein und mein Herr!

Graziano. Mein Freund Bassanio und mein wertes Fräulein,
Ich wünsch euch, was für Freud ihr wünschen könnt;
Denn sicher wünscht ihr keine von mir weg.
Und wenn ihr beiderseits zu feiern denkt
Den Austausch eurer Treue, bitt ich euch,
Daß ich zugleich mich auch verbinden dürfe.

Bassanio. Von Herzen gern, kannst du ein Weib dir schaffen.

Graziano. Ich dank Euch, Herr, Ihr schafftet mir ein Weib.
Mein Auge kann so hurtig schaun als Eures;
Ihr saht das Fräulein, ich die Dienerin;
Ihr liebtet und ich liebte; denn Verzug
Steht mir nicht besser an als Euch, Bassanio.
Eur eignes Glück hing an den Kästchen dort,
Und so auch meines, wie es sich gefügt.
Denn werbend hier, bis ich in Schweiß geriet,
Und schwörend, bis mein Gaum' von Liebesschwüren
Ganz trocken war, ward ich zuletzt – geletzt
Durch ein Versprechen dieser Schönen hier,
Mir Liebe zu erwidern, wenn Eur Glück
Ihr Fräulein erst gewönne.

Porzia. Ist's wahr, Nerissa?

Nerissa. Ja, Fräulein, wenn Ihr Euren Beifall gebt.

Bassanio. Und meint Ihr's, Graziano, recht im Ernst?

Graziano. Ja, auf mein Wort.

Bassanio. Ihr ehrt durch Eure Heirat unser Fest.

Graziano. Wir wollen mit ihnen auf den ersten Jungen wetten um tausend Dukaten.
Doch wer kommt hier; Lorenzo und sein Heidenkind?
Wie? und mein alter Landsmann, Freund Salerio?

Lorenzo, Jessica und Salerio treten auf.

Bassanio. Lorenzo und Salerio, willkommen,
Wofern die Jugend meines Ansehns hier
Willkommen heißen darf. Erlaubet mir,
Ich heiße meine Freund und Landesleute
Willkommen, holde Porzia.

Porzia. Ich mit Euch;
Sie sind mir sehr willkommen.

Lorenzo. Dank Euer Gnaden! – Was mich angeht, Herr,
Mein Vorsatz war es nicht, Euch hier zu sehn;
Doch da ich unterwegs Salerio traf,
So bat er mich, daß ich's nicht weigern konnte,
Hieher ihn zu begleiten.

Salerio. Ja, ich tat's
Und habe Grund dazu. Signor Antonio
Empfiehlt sich Euch. *(Gibt dem Bassanio einen Brief.)*

Bassanio. Eh ich den Brief erbreche,
Sagt, wie befindet sich mein wackrer Freund?

Salerio. Nicht krank, Herr, wenn er's im Gemüt nicht ist,
Noch wohl, als im Gemüt; der Brief da wird
Euch seinen Zustand melden.

Graziano. Nerissa, muntert dort die Fremde auf,
Heißt sie willkommen. Eure Hand, Salerio!
Was bringt Ihr von Venedig mit? Wie geht's
Dem königlichen Kaufmann, dem Antonio?
Ich weiß, er wird sich unsers Glückes freun;
Wir sind die Iasons, die das Vlies gewonnen.

Salerio. O hättet Ihr das Vlies, das er verlor.

Porzia. In dem Papier ist ein feindselger Inhalt,
Es stiehlt die Farbe von Bassanios Wangen.
Ein teurer Freund tot; nichts auf Erden sonst,
Was eines festgesinnten Mannes Fassung
So ganz verwandeln kann. Wie? schlimm und schlimmer?
Erlaubt, Bassanio, ich bin halb Ihr selbst,
Und mir gebührt die Hälfte auch von allem,
Was dies Papier Euch bringt.

Bassanio. O werte Porzia,
Hier sind ein paar so widerwärtge Worte,
Als je Papier bedeckten. Holdes Fräulein,
Als ich zuerst Euch meine Liebe bot,
Sagt ich Euch frei, mein ganzer Reichtum rinne
In meinen Adern: ich sei Edelmann;
Und dann sagt ich Euch wahr. Doch, teures Fräulein,
Da ich auf nichts mich schätzte, sollt Ihr sehn,
Wie sehr ich Prahler war. Da ich Euch sagte,
Mein Gut sei nichts, hätt ich Euch sagen sollen,
Es sei noch unter nichts; denn in der Tat,

Mich selbst verband ich einem teuren Freunde,
Den Freund verband ich seinem ärgsten Feind,
Um mir zu helfen. Hier, Fräulein, ist ein Brief,
Das Blatt Papier, wie meines Freundes Leib
Und jedes Wort drauf eine offne Wunde,
Der Lebensblut entströmt. – Doch ist es wahr,
Salerio? Sind denn alle Unternehmen
Ihm fehlgeschlagen? Wie, nicht eins gelang?
Von Tripolis, von Mexiko, von England,
Von Indien, Lissabon, der Berberei?
Und nicht *ein* Schiff entging dem furchbarn Anstoß
Von Armut drohnden Klippen?

Salerio. Nein, nicht eins.
Und außerdem, so scheint es, hätt er selbst
Das bare Geld, den Juden zu bezahlen,
Der nähm es nicht. Nie kannt ich ein Geschöpf,
Das die Gestalt von einem Menschen trug,
So gierig, einen Menschen zu vernichten.
Er liegt dem Dogen früh und spät im Ohr
Und klagt des Staats verletzte Freiheit an,
Wenn man sein Recht ihm weigert. Zwanzig Handelsleute,
Der Doge selber und die Senatoren
Vom größten Ansehn reden all ihm zu;
Doch niemand kann aus der Schikan ihn treiben
Von Recht, verfallner Buß und seinem Schein.

Jessica. Als ich noch bei ihm war, hört ich ihn schwören
Vor seinen Landesleuten Chus und Tubal,
Er wolle lieber des Antonio Fleisch
Als den Betrag der Summe zwanzigmal,
Die er ihm schuldig sei. Und, Herr, ich weiß,

Wenn ihm nicht Recht, Gewalt und Ansehn wehrt,
Wird es dem armen Manne schlimm ergehn.

Porzia. Ist's Euch ein teurer Freund, der so in Not ist?

Bassanio. Der teurste Freund, der liebevollste Mann,
Das unermüdet willigste Gemüt
Zu Dienstleistungen und ein Mann, an dem
Die alte Römerehre mehr erscheint
Als sonst an wem, der in Italien lebt.

Porzia. Welch eine Summ' ist er dem Juden schuldig?

Bassanio. Für mich, dreitausend Dukaten.

Porzia. Wie? nicht mehr?
Zahlt ihm sechstausend aus und tilgt den Schein,
Doppelt sechstausend, dann verdreifacht das,
Eh einem Freunde dieser Art ein Haar
Gekränkt soll werden durch Bassanios Schuld.
Erst geht mit mir zur Kirch und nennt mich Weib,
Dann nach Venedig fort zu Eurem Freund,
Denn nie sollt Ihr an Porzias Seite liegen
Mit Unruh in der Brust. Gold geb ich Euch,
Um zwanzigmal die kleine Schuld zu zahlen;
Zahlt sie und bringt den echten Freund mit Euch.
Nerissa und ich selbst indessen leben
Wie Mädchen und wie Witwen. Kommt mit mir,
Ihr sollt auf Euren Hochzeitstag von hier.
Begrüßt die Freunde, laßt den Mut nichts trüben;
So teur gekauft, will ich Euch teuer lieben. –
Doch laßt mich hören Eures Freundes Brief.

Bassanio *(liest).*
„Liebster Bassanio! Meine Schiffe sind alle verunglückt, meine

Gläubiger werden grausam, mein Glücksstand ist ganz zerrüttet, meine Verschreibung an den Juden ist verfallen, und da es unmöglich ist, daß ich lebe, wenn ich sie zahle, so sind alle Schulden zwischen mir und Euch berichtigt. Wenn ich Euch nur bei meinem Tode sehen könnte! Jedoch handelt nach Belieben; wenn Eure Liebe Euch nicht überredet, zu kommen, so muß es mein Brief nicht.

Porzia. O Liebster, geht, laßt alles andre liegen!

Bassanio. Ja, eilen will ich, da mir Eure Huld
Zu gehn erlaubt; doch bis ich hier zurück,
Sei nie ein Bett an meinem Zögern schuld,
Noch trete Ruhe zwischen unser Glück!

(Alle ab.)

Dritte Szene

Venedig. Eine Straße

Shylock, Solanio, Antonio und Gefangenwärter treten auf

Shylock. Acht auf ihn, Schließer! – Sagt mir nicht von Gnade, Dies ist der Narr, der Geld umsonst auslieh. – Acht auf ihn, Schließer!

Antonio. Hört mich, guter Shylock.

Shylock. Ich will den Schein, nichts gegen meinen Schein!
Ich tat 'nen Eid, auf meinen Schein zu dringen.
Du nanntest Hund mich, eh du Grund gehabt;
Bin ich ein Hund, so meide meine Zähne.
Der Doge soll mein Recht mir tun. – Mich wundert's,
Daß du so töricht bist, du loser Schließer,
Auf sein Verlangen mit ihm auszugehn.

Antonio. Ich bitte, hör mich reden.

Shylock. Ich will den Schein, ich will nicht reden hören,
Ich will den Schein, und also sprich nicht mehr.
Ich macht mich nicht zum schwachen, blinden Narrn,
Der seinen Kopf wiegt, seufzt, bedauert, nachgibt
Den christlichen Vermittlern. Folg mir nicht,
Ich will kein Reden, meinen Schein will ich. *(Shylock ab.)*

Solanio. Das ist ein unbarmherzger Hund, wie's keinen
Je unter Menschen gab.

Antonio. Laßt ihn nur gehn,
Ich geh ihm nicht mehr nach mit eitlen Bitten.
Er sucht mein Leben, und ich weiß warum;
Oft hab ich Schuldner, die mir vorgeklagt,
Davon erlöst, in Buß ihm zu verfallen;
Deswegen haßt er mich.

Solanio. Gewiß, der Doge
Gibt nimmer zu, daß diese Buße gilt.

Antonio. Der Doge kann des Rechtes Lauf nicht hemmen;
Denn die Bequemlichkeit, die Fremde finden
Hier in Venedig, wenn man sie versagt,
Setzt die Gerechtigkeit des Staats herab,
Weil der Gewinn und Handel dieser Stadt
Beruht auf allen Völkern. Gehn wir denn!
Der Gram und der Verlust zehrt so an mir
Kaum werd ich ein Pfund Fleisch noch übrig haben
Auf morgen für den blutgen Gläubiger.
Komm, Schließer! Gebe Gott, daß nur Bassanio
Mich für ihn zahlen sieht, so gilt mir's gleich. *(Ab.)*

Vierte Szene

Belmont. Ein Zimmer in Porzias Hause

Porzia, Nerissa, Lorenzo, Jessica und Balthasar kommen

Lorenzo. Mein Fräulein, sag ich's schon in Eurem Beisein,
Ihr habt ein edles und ein echt Gefühl
Von göttergleicher Freundschaft; das beweist Ihr,
Da Ihr die Trennung vom Gemahl so tragt.
Doch wüßtet Ihr, wem Ihr die Ehr erzeigt,
Welch einem biedern Mann Ihr Hilfe sendet,
Welch einem lieben Freunde Eures Gatten,
Ich weiß, Ihr wäret stolzer auf das Werk,
Als Euch gewohnte Güte drängen kann.

Porzia. Noch nie bereut ich, daß ich Gutes tat,
Und werd es jetzt auch nicht; denn bei Genossen,
Die miteinander ihre Zeit verleben
Und deren Herz *ein* Joch der Liebe trägt,
Da muß unfehlbar auch ein Ebenmaß
Von Zügen sein, von Sitten und Gemüt.
Dies macht mich glauben, der Antonio,
Als Busenfreund von meinem Gatten, müsse
Durchaus ihm ähnlich sein. Wenn es so ist,
Wie wenig ist es, was ich aufgewandt,
Um meiner Seele Ebenbild zu lösen
Aus einem Zustand höllscher Grausamkeit!
Doch dies kommt einem Selbstlob allzu nah;
Darum nichts mehr davon. Hört andre Dinge:
Lorenzo, ich vertrau in Eure Hand
Die Wirtschaft und die Führung meines Hauses,
Bis zu Bassanios Rückkehr; für mein Teil
Ich sandt ein heimliches Gelübd zum Himmel,

Zu leben in Beschauung und Gebet,
Allein begleitet von Nerissa hier,
Bis zu der Rückkunft unser beider Gatten.
Ein Kloster liegt zwei Meilen weit von hier,
Da wollen wir verweilen. Ich ersuch Euch:
Lehnt nicht den Auftrag ab, den meine Liebe
Und eine Nötigung des Zufalls jetzt
Euch auferlegt.

Lorenzo. Von ganzem Herzen, Fräulein;
In allem ist mir Euer Wink Befehl.

Porzia. Schon wissen meine Leute meinen Willen
Und werden Euch und Jessica erkennen
An meiner eignen und Bassanios Statt.
So lebt denn wohl, bis wir uns wiedersehn!

Lorenzo. Sei froher Mut mit Euch und heitre Stunden!

Jessica. Ich wünsch Eur Gnaden alle Herzensfreude.

Porzia. Ich dank Euch für den Wunsch und bin geneigt,
Ihn Euch zurückzuwünschen. – Jessica, lebt wohl!
(Jessica und Lorenzo ab.) Nun, Balthasar,
Wie ich dich immer treu und redlich fand,
Laß mich auch jetzt dich finden. Nimm den Brief
Und eile, was in Menschenkräften steht,
Nach Padua; gib ihn zu eignen Händen
An meinen Vetter ab, Doktor Bellario.
Sieh zu, was er dir für Papiere gibt
Und Kleider; bringe die in höchster Eil
Zur Überfahrt an die gemeine Fähre,
Die nach Venedig schifft. Verlier die Zeit
Mit Worten nicht; geh, ich bin vor dir da.

Balthasar. Fräulein, ich geh mit aller schuldigen Eil.

(Balthasar ab.)

Porzia. Nerissa, komm. Ich hab ein Werk zur Hand,
Wovon du noch nicht weißt; wir wollen unsre Männer,
Eh sie es denken, sehn.

Nerissa. Und sie auch uns?

Porzia. Jawohl, Nerissa, doch in solcher Tracht,
Daß sie mit dem versehn uns denken sollen,
Was uns gebricht. Ich wette, was du willst:
Sind wir wie junge Männer aufgestutzt,
Will ich der feinste Bursch von beiden sein
Und meinen Degen mit mehr Anstand tragen
Und sprechen wie im Übergang vom Knaben
Zum Mann und einem heiseren Diskant.
Ich will zwei jüngferliche Tritte dehnen
Zu *einem* Männerschritt; vom Raufen sprechen
Wie kecke junge Herrn; und artig lügen,
Wie edle Frauen meine Liebe suchten
Und, da ich sie versagt, sich tot gehärmt. –
Ich konnte nicht mit allen fertig werden;
Und dann bereu ich es und wünsch, ich hätte
Bei alledem sie doch nicht umgebracht.
Und zwanzig solcher kleinen Lügen sag ich,
So daß man schwören soll, daß ich die Schule
Schon seit dem Jahr verließ. – Ich hab im Sinn
Wohl tausend Streiche solcher dreisten Gecken,
Die ich verüben will.

Nerissa. So sollen wir in Männer uns verwandeln?

Porzia. Ja, komm, ich sag dir meinen ganzen Anschlag,
Wenn wir im Wagen sind, der uns am Tor
Des Parks erwartet; darum laß uns eilen,
Denn wir durchmessen heut noch zwanzig Meilen. *(Ab.)*

Fünfte Szene

Belmont. Ein Garten

Lanzelot und Jessica kommen

Lanzelot. Ja, wahrhaftig! Denn seht Ihr, die Sünden der Väter sollen an den Kindern heimgesucht werden: darum glaubt mir, ich bin besorgt für Euch. Ich ging immer gerade gegen Euch heraus, und so sage ich Euch meine Deliberation über die Sache. Also seid gutes Mutes, denn wahrhaftig, ich denke, Ihr seid verdammt. Es ist nur *eine* Hoffnung dabei, die Euch zustatten kommen kann, und das ist auch nur so eine Art von Bastardhoffnung.

Jessica. Und welche Hoffnung ist das?

Lanzelot. Ei, Ihr könnt gewissermaßen hoffen, daß Euer Vater Euch nicht erzeugt hat, daß Ihr nicht des Juden Tochter seid.

Jessica. Das wäre in der Tat eine Art von Bastardhoffnung, dann würden die Sünden meiner Mutter an mir heimgesucht werden.

Lanzelot. Wahrhaftig, dann fürchte ich, Ihr seid von Vater und Mutter wegen verdammt. Wenn ich die Scylla, Euren Vater, vermeide, so falle ich in die Charybdis, Eure Mutter; gut, Ihr seid auf eine und die andre Art verloren.

Jessica. Ich werde durch meinen Mann selig werden; er hat mich zu einer Christin gemacht.

Lanzelot. Wahrhaftig, da ist er sehr zu tadeln. Es gab unser vorher schon Christen genug, grade soviel, als nebeneinander gut bestehen konnten. Dies Christenmachen wird den Preis der Schweine steigern; wenn wir alle Schweinefleischesser werden, so ist in kurzem kein Schnittchen Speck in der Pfanne für Geld mehr zu haben.

Lorenzo kommt.

Jessica. Ich will meinem Mann erzählen, was Ihr sagt, Lanzelot; hier kommt er.

Lorenzo. Bald werde ich eifersüchtig auf Euch, Lanzelot, wenn Ihr meine Frau so in die Ecken zieht.

Jessica. Ihr habt nichts zu befürchten, Lorenzo; Lanzelot und ich, wir sind ganz entzweit. Er sagt mir grade heraus, im Himmel sei keine Gnade für mich, weil ich eines Juden Tochter bin; und er behauptet, daß Ihr kein gutes Mitglied des gemeinen Wesens seid, weil Ihr Juden zum Christentum bekehrt und dadurch den Preis des Schweinefleisches steigert.

Lorenzo. Das kann ich besser beim gemeinen Wesen verantworten als Ihr Eure Streiche mit der Mohrin. Da Ihr ein Weißer seid, Lanzelot, hättet Ihr die Schwarze nicht so aufgeblasen machen sollen.

Lanzelot. Es tut mir leid, wenn ich ihr etwas weisgemacht habe; aber da das Kind einen weisen Vater hat, wird es doch keine Waise sein.

Lorenzo. Wie jeder Narr mit den Worten spielen kann! Bald, denke ich, wird sich der Witz am besten durch Stillschweigen bewähren und Gesprächigkeit bloß noch an Papageien gelobt werden. – Geht ins Haus, Bursch, sagt, daß sie zur Mahlzeit zurichten.

Lanzelot. Das ist geschehn, Herr, sie haben alle Mägen.

Lorenzo. Lieber Himmel, welch ein Witzschnapper Ihr seid! Sagt also, daß sie die Mahlzeit anrichten.

Lanzelot. Das ist auch geschehn, es fehlt nur am Decken.

Lorenzo. Wollt Ihr also decken?

Lanzelot. Mich, Herr? Ich weiß besser, was sich schickt.

Lorenzo. Wieder Silben gestochen! Willst du deinen ganzen Reichtum an Witz auf einmal zum besten geben? Ich bitte dich, verstehe einen schlichten Mann nach seiner schlichten Meinung. Geh zu deinen Kameraden, heiß sie den Tisch decken, das Essen auftragen, und wir wollen zur Mahlzeit hereinkommen.

Lanzelot. Der Tisch, Herr, soll aufgetragen werden, das Essen soll gedeckt werden; und was Euer Hereinkommen zur Mahlzeit betrifft, dabei laßt Lust und Laune walten. *(Ab.)*

Lorenzo. O heilige Vernunft, was eitle Worte!
Der Narr hat ins Gedächtnis sich ein Heer
Wortspiele eingeprägt. Und kenn ich doch
Gar manchen Narrn an einer bessern Stelle,
So aufgestutzt, der um ein spitzes Wort
Die Sache preisgibt. Wie geht's dir, Jessica?
Und nun sag deine Meinung, liebes Herz,
Wie Don Bassanios Gattin dir gefällt?

Jessica. Mehr als ich sagen kann. Es schickt sich wohl,
Daß Don Bassanio fromm sein Leben führe;
Denn da sein Weib ihm solch ein Segen ist,
Find't er des Himmels Lust auf Erden schon.

Und will er das auf Erden nicht, so wär's
Ihm recht, er käme niemals in den Himmel.
Ja, wenn zwei Götter irgendeine Wette
Des Himmels um zwei irdsche Weiber spielten,
Und Porzia wär die eine, tät es not,
Noch sonst was mit der andern auf das Spiel
Zu setzen; denn die arme rohe Welt
Hat ihresgleichen nicht.

Lorenzo. Und solchen Mann
Hast du an mir, als er an ihr ein Weib.

Jessica. Ei, fragt doch darum meine Meinung auch.

Lorenzo. Sogleich; doch laß uns erst zur Mahlzeit gehn.

Jessica. Nein, laßt mich vor der Sättigung Euch loben.

Lorenzo. Nein, bitte, spare das zum Tischgespräch;
Wie du dann sprechen magst, so mit dem andern
Werd ich's verdaun.

Jessica. Nun gut, ich werd Euch anzupreisen wissen. *(Ab.)*

Vierter Aufzug

Erste Szene

Venedig. Ein Gerichtssaal

Der Doge, die Senatoren, Antonio, Bassanio, Graziano, Salarino, Solanio und andre

Doge. Nun, ist Antonio da?

Antonio. Eur Hoheit zu Befehl.

Doge. Es tut mir leid um dich; du hast zu tun
Mit einem felsenharten Widersacher;
Es ist ein Unmensch, keines Mitleids fähig.
Kein Funk Erbarmen wohnt in ihm.

Antonio. Ich hörte,
Daß sich Eur Hoheit sehr verwandt, zu mildern
Sein streng Verfahren; doch weil er sich verstockt
Und kein gesetzlich Mittel seinem Haß
Mich kann entziehn, so stell ich denn Geduld
Entgegen seiner Wut und bin gewaffnet
Mit Ruhe des Gemütes, auszustehn
Des seinen ärgsten Grimm und Tyrannei.

Doge. Geh wer und ruf den Juden in den Saal.

Solanio. Er wartet an der Tür; er kommt schon, Herr.

Shylock kommt.

Doge. Macht Platz, laßt ihn uns gegenüberstehn. –
Shylock, die Welt denkt, und ich denk es auch,
Du treibest diesen Anschein deiner Bosheit
Nur bis zum Augenblick der Tat; und dann,
So glaubt man, wirst du dein Erbarmen zeigen
Und deine Milde, wunderbarer noch
Als deine angenommne Grausamkeit.
Statt daß du jetzt das dir Verfallne eintreibst,
Ein Pfund von dieses armen Kaufmanns Fleisch,
Wirst du nicht nur die Buße fahren lassen,
Nein, auch gerührt von Lieb und Menschlichkeit,
Die Hälfte schenken von der Summe selbst,
Ein Aug des Mitleids auf die Schäden werfend,
Die kürzlich seine Schultern so bestürmt:

Genug, um einen königlichen Kaufmann
Ganz zu erdrücken und an seinem Fall
Teilnahme zu erzwingen, selbst von Herzen,
So hart wie Kieselstein, von ehrnen Busen
Von Türken und Tataren, nie gewöhnt
An Dienste zärtlicher Gefälligkeit.
Wir all erwarten milde Antwort, Jude.

Shylock. Ich legt Eur Hoheit meine Absicht vor:
Bei unserm heilgen Sabbat schwor ich es,
Zu fordern, was nach meinem Schein mir zusteht.
Wenn Ihr es weigert, tut's auf die Gefahr
Der Freiheit und Gerechtsam' Eurer Stadt.
Ihr fragt, warum ich lieber ein Gewicht
Von schnödem Fleisch will haben, als dreitausend
Dukaten zu empfangen? Darauf will ich
Nicht Antwort geben; aber setzet nun,
Daß mir's so ansteht: ist das Antwort gnug?
Wie? wenn mich eine Ratt im Hause plagt?
Und ich, sie zu vergiften, nun dreitausend
Dukaten geben will? – Ist's noch nicht Antwort gnug?
Es gibt der Leute, die kein schmatzend Ferkel
Ausstehen können; manche werden toll,
Wenn sie 'ne Katze sehn; noch andre können,
Wenn die Sackpfeife durch die Nase singt,
Den Harn nicht bei sich halten; denn die Triebe,
Der Leidenschaften Meister, lenken sie
Nach Lust und Abneigung. Nun, Euch zur Antwort:
Wie sich kein rechter Grund angeben läßt,
Daß *der* kein schmatzend Ferkel leiden kann,
Der keine Katz, ein harmlos nützlich Tier,
Der keinen Dudelsack; und muß durchaus

Sich solcher unfreiwillgen Schmach ergeben,
Daß er, belästigt, selbst belästgen muß;
So weiß ich keinen Grund, will keinen sagen,
Als eingewohnten Haß und Widerwillen,
Den mir Antonio einflößt, daß ich so
Ein mir nachteilig Recht an ihm verfolge.
Habt Ihr nun eine Antwort?

Bassanio. Nein, es ist keine, du fühlloser Mann,
Die deine Grausamkeit entschuldgen könnte.

Shylock. Muß ich nach deinem Sinn dir Antwort geben?

Bassanio. Bringt jedermann das um, was er nicht liebt?

Shylock. Wer haßt ein Ding und brächt es nicht gern um?

Bassanio. Beleidigung ist nicht sofort auch Haß.

Shylock. Was? läßt du dich die Schlange zweimal stechen?

Antonio. Ich bitt Euch, denkt, Ihr rechtet mit dem Juden.
Ihr mögt so gut hintreten auf den Strand,
Die Flut von ihrer Höh sich senken heißen;
Ihr mögt so gut den Wolf zur Rede stellen,
Warum er nach dem Lamm das Schaf läßt blöken?
Ihr mögt so gut den Bergestannen wehren,
Ihr hohes Haupt zu schütteln und zu sausen,
Wenn sie des Himmels Sturm in Aufruhr setzt;
Ihr mögt so gut das Härteste bestehn,
Als zu erweichen suchen – was wär härter? –
Sein jüdisch Herz. – Ich bitt Euch also, bietet
Ihm weiter nichts, bemüht Euch ferner nicht
Und gebt in aller Kürz und gradezu
Mir meinen Spruch, dem Juden seinen Willen.

Bassanio. Statt der dreitausend Dukaten sind hier sechs.

Shylock. Wär jedes Stück von den sechstausend Dukaten
Sechsfach geteilt und jeder Teil 'n Dukat,
Ich nähm sie nicht, ich wollte meinen Schein.

Doge. Wie hoffst du Gnade, da du keine übst?

Shylock. Welch Urteil soll ich scheun, tu ich kein Unrecht?
Ihr habt viel feiler Sklaven unter Euch,
Die Ihr wie Eure Esel, Hund' und Maultier'
In sklavischem, verworfnem Dienst gebraucht,
Weil Ihr sie kauftet. Sag ich nun zu Euch –
Laßt sie doch frei, vermählt sie Euren Erben;
Was plagt Ihr sie mit Lasten? laßt ihr Bett
So weich als Eures sein, labt ihren Gaum'
Mit eben solchen Speisen. – Ihr antwortet:
Die Sklaven sind ja unser; und so geb ich
Zur Antwort: das Pfund Fleisch, das ich verlange,
Ist teur gekauft, ist mein, und ich will's haben.
Wenn Ihr versagt, pfui über Eur Gesetz!
So hat das Recht Venedigs keine Kraft.
Ich wart auf Spruch; antwortet: soll ich's haben?

Doge. Ich bin befugt, die Sitzung zu entlassen,
Wo nicht Bellario, ein gelehrter Doktor,
Zu dem ich um Entscheidung ausgeschickt,
Hier heut erscheint.

Salarino. Eur Hoheit, draußen steht
Ein Bote hier, mit Briefen von dem Doktor,
Er kommt soeben an von Padua.

Doge. Bringt uns die Briefe, ruft den Boten vor.

Bassanio. Wohlauf, Antonio! Freund, sei gutes Muts!
Der Jude soll mein Fleisch, Blut, alles haben,
Eh dir ein Tropfen Bluts für mich entgeht.

Antonio. Ich bin ein angestecktes Schaf der Herde,
Zum Tod am tauglichsten; die schwächste Frucht
Fällt vor der andern, und so laßt auch mich.
Ihr könnt nicht bessern Dienst mir tun, Bassanio,
Als wenn Ihr lebt und mir die Grabschrift setzt.

Nerissa tritt auf, als Schreiber eines Advokaten gekleidet.

Doge. Kommt Ihr von Padua, von Bellario?

Nerissa. Von beiden, Herr; Bellario grüßt Eur Hoheit.

(Sie überreicht einen Brief.)

Bassanio. Was wetzest du so eifrig da dein Messer?

Shylock. Die Buß dem Bankrottierer auszuschneiden.

Graziano. An deiner Seel, an deiner Sohle nicht,
Machst du dein Messer scharf, du harter Jude!
Doch kein Metall, selbst nicht des Henkers Beil,
Hat halb die Schärfe deines scharfen Grolls.
So können keine Bitten dich durchdringen?

Shylock. Nein, keine, die du Witz zu machen hast.

Graziano. O sei verdammt, du unbarmherzger Hund!
Und um dein Leben sei Gerechtigkeit verklagt.
Du machst mich irre fast in meinem Glauben,
Daß ich es halte mit Pythagoras,
Wie Tieresseelen in die Leiber sich
Von Menschen stecken; einen Wolf regierte
Dein hündscher Geist, der, aufgehenkt für Mord,

Die grimme Seele weg vom Galgen riß
Und, weil du lagst in deiner schnöden Mutter,
In dich hineinfuhr; denn dein ganz Begehren
Ist wölfisch, blutig, räuberisch und hungrig.

Shylock. Bis du von meinem Schein das Siegel wegschiltst,
Tust du mit Schrein nur deiner Lunge weh.
Stell deinen Witz her, guter junger Mensch,
Sonst fällt er rettungslos in Trümmern dir.
Ich stehe hier um Recht.

Doge. Der Brief da von Bellarios Hand empfiehlt
Uns einen jungen und gelehrten Doktor. –
Wo ist er denn?

Nerissa. Er wartet dicht bei an
Auf Antwort, ob Ihr Zutritt ihm vergönnt.

Doge. Von ganzem Herzen! Geht ein paar von euch
Und gebt ihm höfliches Geleit hieher.
Hör das Gericht indes Bellarios Brief.

Ein Schreiber *(liest).*
„Eur Hoheit dient zur Nachricht, daß ich beim Empfange Eures Briefes sehr krank war. Aber in dem Augenblick, da Euer Bote ankam, war bei mir auf einen freundschaftlichen Besuch ein junger Doktor von Rom, namens Balthasar. Ich machte ihn mit dem streitigen Handel zwischen dem Juden und dem Kaufmann Antonio bekannt; wir schlugen viele Bücher nach. Er ist von meiner Meinung unterrichtet, die er, berichtigt durch seine eigne Gelehrsamkeit (deren Umfang ich nicht genug empfehlen kann), mitgenommen hat, um auf mein Andringen Euer Hoheit an meiner Statt Genüge zu leisten. Ich ersuche Euch, laßt seinen Mangel an Jahren keinen Grund sein, ihm eine anständige Achtung zu

versagen; denn ich kannte noch niemals einen so jungen Körper mit einem so alten Kopf. Ich überlasse ihn Eurer gnädigen Aufnahme; seine Prüfung wird ihn am besten empfehlen."

Doge. Ihr hört, was der gelehrte Mann uns schreibt,
Und hier, so glaub ich, kommt der Doktor schon.
Porzia tritt auf, wie ein Rechtsgelehrter gekleidet.
Gebt mir die Hand; Ihr kommt von unserm alten
Bellario?

Porzia. Zu dienen, gnädger Herr!

Doge. Ihr seid willkommen! nehmet Euren Platz.
Seid Ihr schon mit der Zwistigkeit bekannt,
Die hier vor dem Gericht verhandelt wird?

Porzia. Ich bin ganz unterrichtet von der Sache.
Wer ist der Kaufmann hier und wer der Jude?

Doge. Antonio, alter Shylock, tretet vor!

Porzia. Eur Nam ist Shylock?

Shylock. Shylock ist mein Name.

Porzia. Von wunderlicher Art ist Euer Handel,
Doch in der Form, daß das Gesetz Venedigs
Euch nicht anfechten kann, wie Ihr verfahrt. –
Ihr seid von ihm gefährdet; seid Ihr nicht?

Antonio. Ja, wie er sagt.

Porzia. Den Schein erkennt Ihr an?

Antonio. Ja.

Porzia. So muß der Jude Gnad ergehen lassen.

Shylock. Wodurch genötigt, muß ich? Sagt mir das.

Porzia. Die Art der Gnade weiß von keinem Zwang.
Sie träufelt wie des Himmels milder Regen
Zur Erde unter ihr; zwiefach gesegnet:
Sie segnet den, der gibt, und den, der nimmt;
Am mächtigsten in Mächtgen, zieret sie
Den Fürsten auf dem Thron mehr als die Krone.
Das Zepter zeigt die weltliche Gewalt,
Das Attribut der Würd und Majestät,
Worin die Furcht und Scheu der Könge sitzt.
Doch Gnad ist über diese Zeptermacht,
Sie thronet in dem Herzen der Monarchen,
Sie ist ein Attribut der Gottheit selbst,
Und irdsche Macht kommt göttlicher am nächsten,
Wenn Gnade bei dem Recht steht. Darum, Jude,
Suchst du um Recht schon an, erwäge dies:
Daß nach dem Lauf des Rechtes unser keiner
Zum Heile käm; wir beten all um Gnade,
Und dies Gebet muß uns der Gnade Taten
Auch üben lehren. Dies hab ich gesagt,
Um deine Forderung des Rechts zu mildern;
Wenn du darauf bestehst, so muß Venedigs
Gestrenger Hof durchaus dem Kaufmann dort
Zum Nachteil einen Spruch tun.

Shylock. Meine Taten
Auf meinen Kopf! Ich fordre das Gesetz,
Die Buße und Verpfändung meines Scheins.

Porzia. Ist er das Geld zu zahlen nicht imstand?

Bassanio. O ja, hier biet ich's ihm vor dem Gericht,
Ja, doppelt selbst; wenn das noch nicht genügt,
Verpflicht ich mich, es zehnfach zu bezahlen,

Und setze Hände, Kopf und Herz zum Pfand.
Wenn dies noch nicht genügt, so zeigt sich's klar,
Die Bosheit drückt die Redlichkeit. Ich bitt Euch,
Beugt einmal das Gesetz nach Eurem Ansehn:
Tut kleines Unrecht um ein großes Recht
Und wehrt dem argen Teufel seinen Willen.

Porzia. Es darf nicht sein. Kein Ansehn in Venedig
Vermag ein gültiges Gesetz zu ändern.
Es würde als ein Vorgang angeführt,
Und mancher Fehltritt nach demselben Beispiel
Griff' um sich in dem Staat; es kann nicht sein.

Shylock. Ein Daniel kommt zu richten, ja, ein Daniel!
Wie ich dich ehr, o weiser junger Richter!

Porzia. Ich bitte, gebt zum Ansehn mir den Schein.

Shylock. Hier ist er, mein ehrwürdger Doktor, hier!

Porzia. Shylock, man bietet dreifach dir dein Geld.

Shylock. Ein Eid! Ein Eid! ich hab 'nen Eid im Himmel.
Soll ich auf meine Seele Meineid laden?
Nicht um Venedig.

Porzia. Gut, er ist verfallen,
Und nach den Rechten kann der Jud hierauf
Verlangen ein Pfund Fleisch, zunächst am Herzen
Des Kaufmanns auszuschneiden. – Sei barmherzig!
Nimm dreifach Geld, laß mich den Schein zerreißen.

Shylock. Wenn er bezahlt ist, wie sein Inhalt lautet. –
Es zeigt sich klar, Ihr seid ein würdger Richter;
Ihr kennt die Rechte, Euer Vortrag war
Der bündigste; ich fordr Euch auf beim Recht,

Wovon Ihr ein verdienter Pfeiler seid,
Kommt nun zum Spruch; bei meiner Seele schwör ich,
Daß keines Menschen Zunge über mich
Gewalt hat; ich steh hier auf meinen Schein.

Antonio. Von ganzem Herzen bitt ich das Gericht,
Den Spruch zu tun.

Porzia. Nun wohl, so steht es denn!
Bereitet Euren Busen für sein Messer.

Shylock. O weiser Richter! wackrer junger Mann.

Porzia. Denn des Gesetzes Inhalt und Bescheid
Hat volle Übereinkunft mit der Buße,
Die hier im Schein als schuldig wird erkannt.

Shylock. Sehr wahr; o weiser und gerechter Richter!
Um wieviel älter bist du, als du aussiehst!

Porzia. Deshalb entblößt den Busen.

Shylock. Ja, die Brust,
So sagt der Schein – nicht wahr, mein edler Richter?
„Zunächst dem Herzen“, sind die eignen Worte.

Porzia. So ist's. Ist eine Waage da, das Fleisch
Zu wägen?

Shylock. Ja, ich hab sie bei der Hand.

Porzia. Nehmt einen Feldscher, Shylock, für Eur Geld,
Ihn zu verbinden, daß er nicht verblutet.

Shylock. Ist das so angegeben in dem Schein?

Porzia. Es steht nicht da; allein was tut's? Es wär
Doch gut, Ihr tätet das aus Menschenliebe.

Shylock. Ich kann's nicht finden, 's ist nicht in dem Schein.

Porzia. Kommt, Kaufmann! habt Ihr irgend was zu sagen?

Antonio. Nur wenig; ich bin fertig und gerüstet.
Gebt mir die Hand, Bassanio, lebet wohl!
Es kränk Euch nicht, daß dies für Euch mich trifft,
Denn hierin zeigt das Glück sich gütiger
Als seine Weis ist; immer läßt es sonst
Elende ihren Reichtum überleben,
Mit hohlem Aug und faltger Stirn ein Alter
Der Armut anzusehn; von solcher Schmach
Langwier'ger Buße nimmt es mich hinweg.
Empfehlt mich Eurem edlen Weib, erzählt Ihr
Den Hergang von Antonios Ende; sagt,
Wie ich Euch liebte; rühmt im Tode mich;
Und wenn Ihr's auserzählt, heißt sie entscheiden,
Ob nicht Bassanio einst geliebt ist worden.
Bereut nicht daß Ihr einen Freund verliert
Und er bereut nicht, daß er für Euch zahlt:
Denn schneidet nur der Jude tief genug,
So zahl ich gleich die Schuld von ganzem Herzen.

Bassanio. Antonio, ich hab ein Weib zur Ehe,
Die mir so lieb ist als mein Leben selbst;
Doch Leben selbst, mein Weib und alle Welt
Gilt höher als dein Leben nicht bei mir.
Ich gäbe alles hin, ja opfert' alles
Dem Teufel da, um dich nur zu befrein.

Porzia. Da wüßt Eur Weib gewiß Euch wenig Dank,
Wär sie dabei und hört Eur Anerbieten.

Graziano. Ich hab ein Weib, die ich auf Ehre liebe;
Doch wünscht ich sie im Himmel, könnte sie
Dort eine Macht erflehn, des hündschen Juden
Gemüt zu ändern.

Nerissa. Gut, daß Ihr's hinter ihrem Rücken tut,
Sonst störte wohl der Wunsch des Hauses Frieden.

Shylock *(beiseite).*
So sind die Christenmänner; ich hab 'ne Tochter:
Wär irgendwer vom Stamm des Barrabas
Ihr Mann geworden, lieber als ein Christ! –
Die Zeit geht hin; ich bitt Euch, kommt zum Spruch.

Porzia. Ein Pfund von dieses Kaufmanns Fleisch ist dein.
Der Hof erkennt es, und das Recht erteilt es.

Shylock. O höchst gerechter Richter! –

Porzia. Ihr müßt das Fleisch ihm schneiden aus der Brust:
Das Recht bewilligt's, und der Hof erkennt es.

Shylock. O höchst gelehrter Richter! – Na, ein Spruch!
Kommt, macht Euch fertig.

Porzia. Wart noch ein wenig: Eins ist noch zu merken!
Der Schein hier gibt dir nicht ein Tröpfchen Blut;
Die Worte sind ausdrücklich: ein Pfund Fleisch!
Nimm denn den Schein, und nimm du dein Pfund Fleisch;
Allein vergießest du, indem du's abschneidst,
Nur einen Tropfen Christenblut, so fällt
Dein Hab und Gut nach dem Gesetz Venedigs
Dem Staat Venedigs heim.

Graziano. Gerechter Richter! – merk, Jud! – o weiser Richter!

Shylock. Ist das Gesetz?

Porzia. Du sollst die Akte sehn.
Denn, weil du dringst auf Recht, so sei gewiß:
Recht soll dir werden, mehr als du begehrst.

Graziano. O weiser Richter! – merk, Jud! ein weiser Richter!

Shylock. Ich nehme das Erbieten denn: zahlt dreifach
Mir meinen Schein und laßt den Christen gehn.

Bassanio. Hier ist das Geld.

Porzia. Halt!
Dem Juden alles Recht – still! keine Eil!
Er soll die Buße haben, weiter nichts.

Graziano. O Jud! ein weiser, ein gerechter Richter!

Porzia. Darum bereite dich, das Fleisch zu schneiden.
Vergieß kein Blut, schneid auch nicht mehr noch minder
Als grad ein Pfund; ist's minder oder mehr
Als ein genaues Pfund, sei's nur soviel,
Es leichter oder schwerer an Gewicht
Zu machen, um ein armes Zwanzigstteil
Von einem Skrupel, ja wenn sich die Waagschal
Nur um die Breite eines Haares neigt,
So stirbst du, und dein Gut verfällt dem Staat.

Graziano. Ein zweiter Daniel, ein Daniel, Jude!
Ungläubiger, ich hab dich bei der Hüfte.

Porzia. Was hält den Juden auf? Nimm deine Buße.

Shylock. Gebt mir mein Kapital und laßt mich gehn.

Bassanio. Ich hab es schon für dich bereit: hier ist's.

Porzia. Er hat's vor offenem Gericht geweigert:
Sein Recht nur soll er haben und den Schein.

Graziano. Ich sag, ein Daniel, ein zweiter Daniel!
Dank, Jude, daß du mich das Wort gelehrt.

Shylock. Soll ich nicht haben bloß mein Kapital?

Porzia. Du sollst nichts haben als die Buße, Jude,
Die du auf eigene Gefahr magst nehmen.

Shylock. So lass' es ihm der Teufel wohl bekommen!
Ich will nicht länger Rede stehn.

Porzia. Wart, Jude!
Das Recht hat andern Anspruch noch an dich.
Es wird verfügt in dem Gesetz Venedigs,
Wenn man es einem Fremdling dargetan,
Daß er durch Umweg' oder gradezu
Dem Leben eines Bürgers nachgestellt,
Soll die Partei, auf die sein Anschlag geht,
Die Hälfte seiner Güter an sich ziehn;
Die andre Hälfte fällt dem Schatz anheim,
Und an des Dogen Gnade hängt das Leben
Des Schuldgen einzig, gegen alle Stimmen.
In der Benennung, sag ich, stehst du nun,
Denn es erhellt aus offenbarem Hergang,
Daß du durch Umweg' und auch gradezu
Recht eigentlich gestanden dem Beklagten
Nach Leib und Leben: und so trifft dich denn
Die Androhung, die ich zuvor erwähnt.
Drum nieder, bitt um Gnade bei dem Dogen!

Graziano. Bitt um Erlaubnis, selber dich zu hängen;
Und doch, da all dein Gut dem Staat verfällt,
Behältst du nicht den Wert von einem Strick;
Man muß dich hängen auf des Staates Kosten.

Doge. Damit du siehst, welch andrer Geist uns lenkt,
So schenk ich dir das Leben, eh du bittest.
Dein halbes Gut gehört Antonio,
Die andre Hälfte fällt dem Staat anheim,
Was Demut lindern kann zu einer Buße.

Porzia. Ja, für den Staat, nicht für Antonio.

Shylock. Nein, nehmt mein Leben auch, schenkt mir das nicht!
Ihr nehmt mein Haus, wenn ihr die Stütze nehmt,
Worauf mein Haus beruht; ihr nehmt mein Leben,
Wenn ihr die Mittel nehmt, wodurch ich lebe.

Porzia. Was könnt Ihr für ihn tun, Antonio?

Graziano. Ein Strick umsonst! nichts mehr, um Gottes willen!

Antonio. Beliebt mein gnädger Herr und das Gericht
Die Buße seines halben Guts zu schenken,
So bin ich es zufrieden, wenn er mir
Die andre Hälfte zum Gebrauche läßt,
Nach seinem Tod dem Mann sie zu erstatten,
Der kürzlich seine Tochter stahl.
Noch zweierlei beding ich: daß er gleich
Für diese Gunst das Christentum bekenne;
Zum andern, stell er eine Schenkung aus
Hier vor Gericht von allem, was er nachläßt,
An seinen Schwiegersohn und seine Tochter.

Doge. Das soll er tun, ich widerrufe sonst
Die Gnade, die ich eben hier erteilt.

Porzia. Bist du's zufrieden, Jude? Nun, was sagst du?

Shylock. Ich bin's zufrieden.

Porzia. Ihr, Schreiber, setzt die Schenkungsakte auf.

Shylock. Ich bitt, erlaubt mir, weg von hier zu gehn:
Ich bin nicht wohl, schickt mir die Akte nach,
Und ich will zeichnen.

Doge. Geh denn, aber tu's.

Graziano. Du wirst zwei Paten bei der Taufe haben;
Wär ich dein Richter, kriegtest du zehn mehr –
Zum Galgen, nicht zum Taufstein, dich zu bringen.

(Shylock ab.)

Doge. Ich lad Euch, Herr, zur Mahlzeit bei mir ein.

Porzia. Ich bitt Eur Hoheit uni Entschuldigung.
Ich muß vor Abend fort nach Padua
Und bin genötigt, gleich mich aufzumachen.

Doge. Es tut mir leid, daß Ihr Verhindrung habt.
Antonio, zeigt Euch dankbar diesem Mann:
Ihr seid ihm sehr verpflichtet, wie mich dünkt.

(Doge, Senatoren und Gefolge ab.)

Bassanio. Mein würdger Herr, ich und mein Freund, wir sind
Durch Eure Weisheit heute losgesprochen
Von schweren Bußen; für den Dienst erwidern
Wir mit der Schuld des Juden, den dreitausend
Dukaten, willig die gewogne Müh.

Antonio. Und bleiben Euer Schuldner überdies
An Liebe und an Diensten immerfort.

Porzia. Wer wohl zufrieden ist, ist wohl bezahlt;
Ich bin zufrieden, da ich euch befreit,
Und halte dadurch mich für wohl bezahlt;
Lohnsüchtiger war niemals mein Gemüt.

Ich bitt euch, kennt mich, wenn wir mal uns treffen;
Ich wünsch euch Gutes, und so nehm ich Abschied.

Bassanio. Ich muß noch in Euch dringen, bester Herr:
Nehmt doch ein Angedenken, nicht als Lohn,
Nur als Tribut; gewährt mir zweierlei,
Mir's nicht zu weigern und mir zu verzeihn.

Porzia. Ihr dringt sehr in mich! gut, ich gebe nach:
Gebt Eure Handschuh mir, ich will sie tragen,
Und, Euch zur Lieb, nehm ich den Ring von Euch.
Zieht nicht die Hand zurück, ich will nichts weiter,
Und weigern dürft Ihr's nicht, wenn Ihr mich liebt.

Bassanio. Der Ring – ach, Herr! ist eine Kleinigkeit,
Ihn Euch zu geben, müßt ich mich ja schämen.

Porzia. Ich will nichts weiter haben als den Ring,
Und, wie mich dünkt, hab ich nun Lust dazu.

Bassanio. Es hängt an diesem Ring mehr als sein Wert;
Den teursten in Venedig geb ich Euch
Und find ihn aus durch öffentlichen Ausruf.
Für diesen bitt ich nur, entschuldigt mich.

Porzia. Ich seh, Ihr seid freigebig im Erbieten;
Ihr lehrtet erst mich bitten, und nun scheint es,
Ihr lehrt mich, wie man Bettlern Antwort gibt.

Bassanio. Den Ring gab meine Frau mir, bester Herr;
Sie steckte mir ihn an und hieß mich schwören,
Ich woll ihn nie verlieren noch vergeben.

Porzia. Mit solchen Worten spart man seine Gaben.
Ist Eure Frau nicht gar ein töricht Weib
Und weiß, wie gut ich diesen Ring verdient,

So wird sie nicht auf immer Feindschaft halten,
Weil Ihr ihn weggabt. Gut, gehabt Euch wohl!

(Porzia und Nerissa ab.)

Antonio. Laßt ihn den Ring doch haben, Don Bassanio;
Laßt sein Verdienst zugleich mit meiner Liebe
Euch gelten gegen Eurer Frau Gebot.

Bassanio. Geh, Graziano, lauf und hol ihn ein,
Gib ihm den Ring und bring ihn, wenn du kannst,
Zu des Antonio Haus. Fort! eile dich!
(Graziano ab.)
Kommt, Ihr und ich, wir wollen gleich dahin,
Und früh am Morgen wollen wir dann beide
Nach Belmont fliegen. Kommt, Antonio! *(Ab.)*

Zweite Szene

Eine Straße

Porzia und Nerissa kommen

Porzia. Erfrag des Juden Haus, gib ihm die Akte
Und laß ihn zeichnen. Wir wollen fort zu Nacht
Und einen Tag vor unsern Männern noch
Zu Hause sein. Die Akte wird Lorenzen
Gar sehr willkommen sein.

Graziano kommt.

Graziano. Schön, daß ich Euch noch treffe, werter Herr.
Hier schickt Euch Don Bassanio, da er besser
Es überlegt, den Ring und bittet Euch,
Mittags bei ihm zu speisen.

Porzia. Das kann nicht sein;
Den Ring nehm ich mit allem Danke an
Und bitt Euch, sagt ihm das; seid auch so gut,
Den jungen Mann nach Shylocks Haus zu weisen.

Graziano. Das will ich tun.

Nerissa *(zu Porzia).*
Herr, noch ein Wort mit Euch. –
(Heimlich.) Ich will doch sehn, von meinem Mann den Ring
Zu kriegen, den ich immer zu bewahren
Ihn schwören ließ.

Porzia. Ich steh dafür, du kannst es.
Da wird's an hoch und teuer Schwören gehn,
Daß sie die Ring an Männer weggegeben;
Wir leugnen's keck und überschwören sie.
Fort! eile dich! Du weißt ja, wo ich warte.

Nerissa. Kommt, lieber Herr! wollt Ihr sein Haus mir zeigen? *(Ab.)*

Fünfter Aufzug

Erste Szene

Belmont. Freier Platz vor Porzias Hause

Lorenzo und Jessica treten auf

Lorenzo. Der Mond scheint hell. In solcher Nacht wie diese,
Da linde Luft die Bäume schmeichelnd küßte
Und sie nicht rauschen ließ, in solcher Nacht
Erstieg wohl Troilus die Mauern Trojas
Und seufzte seine Seele zu den Zelten

Der Griechen hin, wo seine Cressida
Die Nacht in Schlummer lag.

Jessica. In solcher Nacht
Schlüpft' überm Taue Thisbe furchtsam hin
Und sah des Löwen Schatten eh als ihn
Und lief erschrocken weg.

Lorenzo. In solcher Nacht
Stand Dido, eine Weid in ihrer Hand,
Am wilden Strand und winkte ihrem Liebsten
Zur Rückkehr nach Karthago.

Jessica. In solcher Nacht
Las einst Medea jene Zauberkräuter,
Den Äson zu verjüngen.

Lorenzo. In solcher Nacht
Stahl Jessica sich von dem reichen Juden
Und lief mit einem ausgelaßnen Liebsten
Bis Belmont von Venedig.

Jessica. In solcher Nacht
Schwor ihr Lorenzo, jung und zärtlich, Liebe
Und stahl ihr Herz mit manchem Treugelübd,
Wovon nicht eines echt war.

Lorenzo. In solcher Nacht
Verleumdete die artge Jessica
Wie eine kleine Schelmin ihren Liebsten,
Und er vergab es ihr.

Jessica. Ich wollt Euch übernachten, käme niemand.
Doch horcht! ich hör den Fußtritt eines Manns.

Ein Bedienter kommt.

Lorenzo. Wer kommt so eilig in der stillen Nacht?

Bedienter. Ein Freund.

Lorenzo. Ein Freund? was für ein Freund? Eur Name, Freund?

Bedienter. Mein Nam ist Stephano, und ich soll melden,
Daß meine gnädge Frau vor Tages Anbruch
Wird hier in Belmont sein; sie streift umher
Bei heilgen Kreuzen, wo sie kniet und betet
Um frohen Ehestand.

Lorenzo. Wer kommt mit ihr?

Bedienter. Ein heilger Klausner und ihr Mädchen bloß.
Doch sagt mir, ist mein Herr noch nicht zurück?

Lorenzo. Nein, und wir haben nichts von ihm gehört.
Doch, liebe Jessica, gehn wir hinein;
Laß uns auf einen feierlichen Willkomm
Für die Gebieterin des Hauses denken.

Lanzelot kommt.

Lanzelot. Holla, holla! he! heda! holla! holla!

Lorenzo. Wer ruft?

Lanzelot. Holla! habt Ihr Herrn Lorenzo und Frau Lorenzo gesehn? Holla! holla!

Lorenzo. Laß dein Hollarufen, Kerl! Hier!

Lanzelot. Holla! wo? wo?

Lorenzo. Hier!

Lanzelot. Sagt ihm, daß ein Postillon von meinem Herrn gekommen ist, der sein Horn voll guter Neuigkeiten hat: mein Herr wird vor morgens hier sein.

(Lanzelot ab.)

Lorenzo. Komm, süßes Herz, erwarten wir sie drinnen.
Und doch, es macht nichts aus: wozu hineingehn?
Freund Stephano, ich bitt Euch, meldet gleich
Im Haus die Ankunft Eurer gnädgen Frau
Und bringt die Musikanten her ins Freie.
(Stephano ab.)
Wie süß das Mondlicht auf dem Hügel schläft!
Hier sitzen wir und lassen die Musik
Zum Ohre schlüpfen; sanfte Still und Nacht,
Stimmt zu den Klängen süßer Harmonie.
Komm, Jessica! Sieh, wie die Himmelsflur
Ist eingelegt mit Scheiben lichten Goldes!
Auch nicht der kleinste Kreis, den du da siehst,
Der nicht im Schwunge wie ein Engel singt,
Zum Chor der hellgeaugten Cherubim.
So voller Harmonie sind ewge Geister:
Nur wir, weil dies hinfällge Kleid von Staub
Und grob umhüllt, wir können sie nicht hören.
Musikanten kommen.
He! kommt und weckt Dianen auf mit Hymnen,
Rührt euer Herrin Ohr mit zartem Spiel, *(Musik)*
Zieht mit Musik sie heim.

Jessica. Nie macht die liebliche Musik mich lustig.

Lorenzo. Der Grund ist, Eure Geister sind gespannt.
Bemerkt nur eine wilde flüchtge Herde,
Der ungezähmten jungen Füllen Schar:
Sie machen Sprünge, brüllen, wiehern laut,
Wie ihres Blutes heiße Art sie treibt;
Doch schaut nur die Trompete oder trifft

Sonst eine Weise der Musik ihr Ohr,
So seht Ihr, wie sie miteinander stehn;
Ihr wildes Auge schaut mit Sittsamkeit,
Durch süße Macht der Töne. Drum lehrt der Dichter,
Gelenkt hab Orpheus Bäume, Felsen, Fluten,
Weil nichts so stöckisch, hart und voll von Wut,
Das nicht Musik auf eine Zeit verwandelt.
Der Mann, der nicht Musik hat in ihm selbst,
Den nicht die Eintracht süßer Töne rührt,
Taugt zu Verrat, zu Räuberei und Tücken;
Die Regung seines Sinns ist dumpf wie Nacht,
Sein Trachten düster wie der Erebus.
Trau keinem solchen! – Horch auf die Musik!

Porzia und Nerissa in der Entfernung

Porzia. Das Licht, das wir da sehen, brennt im Saal;
Wie weit die kleine Kerze Schimmer wirft!
So scheint die gute Tat in arger Welt.

Nerissa. Da der Mond schien, sahn wir die Kerze nicht.

Porzia. So löscht der größre Glanz den kleinern aus.
Ein Stellvertreter strahlet wie ein König,
Bis ihm ein König naht; und dann ergießt
Sein Prunk sich, wie vom innern Land ein Bach
Ins große Bett der Wasser. Horch, Musik!

Nerissa. Es sind die Musikanten Eures Hauses.

Porzia. Ich sehe, nichts ist ohne Rücksicht gut;
Mich dünkt, sie klingt viel schöner als bei Tag.

Nerissa. Die Stille gibt den Reiz ihr, gnädge Frau.

Porzia. Die Krähe singt so lieblich wie die Lerche,
Wenn man auf keine lauschet; und mir deucht,
Die Nachtigall, wenn sie bei Tage sänge,
Wo alle Gänse schnattern, hielt' man sie
Für keinen bessern Spielmann als den Spatz.
Wie manches wird durch seine Zeit gezeitigt
Zu echtem Preis und zur Vollkommenheit! –
Still! Luna schläft ja beim Endymion
Und will nicht aufgeweckt sein.

(Die Musik hört auf.)

Lorenzo. Wenn nicht alles
Mich trügt, ist das die Stimme Porzias.

Porzia. Er kennt mich, wie der blinde Mann den Kuckuck,
An meiner schlechten Stimme.

Lorenzo. Gnädge Frau, willkommen!

Porzia. Wir beteten für unsrer Männer Wohlfahrt
Und hoffen, unsre Worte fördern sie:
Sind sie zurück?

Lorenzo. Bis jetzt nicht, gnädge Frau.
Allein ein Bote ist vorausgekommen,
Sie anzumelden.

Porzia. Geh hinein, Nerissa,
Sag meinen Leuten, daß sie gar nicht tun,
Als wären wir vom Haus entfernt gewesen; –
Auch Ihr, Lorenzo! Jessica, auch Ihr!

(Trompetenstoß.)

Lorenzo. Da kommt schon Eur Gemahl, ich höre blasen;
Wir sind nicht Plaudertaschen, fürchtet nichts.

Porzia. Mich dünkt, die Nacht ist nur ein krankes Tagslicht,
Sie sieht ein wenig bleicher; 's ist ein Tag
Wie's Tag ist, wenn die Sonne sich verbirgt.

Bassanio, Antonio, Graziano treten auf mit ihrem Gefolge.

Bassanio. Wir hielten mit den Antipoden Tag,
Erschient Ihr, während sich die Sonn entfernt.

Porzia. Wenn mein Betragen nur das Licht nicht scheut,
So mag mein Fußtritt wohl im Dunkeln wandeln:
Ihr seid zu Haus willkommen, mein Gemahl!

Bassanio. Ich dank Euch, heißt willkommen meinen Freund!
Dies ist der Mann, dies ist Antonio,
Dem ich so grenzenlos verpflichtet bin.

Porzia. Ihr müßt in allem ihm verpflichtet sein;
Ich hör, er hat sich sehr für Euch verpflichtet.

Antonio. Zu mehr nicht, als ich glücklich bin gelöst.

Porzia. Herr, Ihr seid unserm Hause sehr willkommen!
Es muß sich anders zeigen als in Reden,
Drum kürz ich diese Wortbegrüßung ab.

Graziano und Nerissa haben sich unterdessen besonders unterredet.

Graziano. Ich schwör's bei jenem Mond, Ihr tut mir Unrecht!
Fürwahr, ich gab ihn an des Richters Schreiber:
Wär er verschnitten, dem ich ihn geschenkt,
Weil Ihr Euch, Liebste, so darüber kränkt!

Porzia. Wie? schon ein Zank? worüber kam es her?

Graziano. Um einen Goldreif, einen dürftgen Ring,
Den sie mir gab; der Denkspruch war daran

Genau der Art, wie Vers' auf einer Klinge
Vom Messerschmied: „Liebt mich und laßt mich nicht."

Nerissa. Was redet Ihr vom Denkspruch und dem Wert?
Ihr schwurt mir, da ich ihn Euch gab, Ihr wolltet
Ihn tragen bis zu Eurer Todesstunde;
Er sollte selbst im Sarge mit Euch ruhn.
Ihr mußtet ihn um Eurer Eide willen,
Wo nicht um mich, verehren und bewahren.
Des Richters Schreiber! – o ich weiß, der Schreiber,
Der ihn bekam, trägt niemals Haar am Kinn.

Graziano. Doch, wenn er lebt, bis er zum Mann erwächst.

Nerissa. Ja, wenn ein Weib zum Manne je erwächst.

Graziano. Auf Ehr, ich gab ihn einem jungen Menschen,
'ner Art von Buben, einem kleinen Knirps,
Nicht höher als du selbst, des Richters Schreiber.
Der Plauderbub erbat den Ring zum Lohn:
Ich konnt ihm das um alles nicht versagen.

Porzia. Ihr wart zu tadeln, offen sag ich's Euch,
Euch von der ersten Gabe Eurer Frau
So unbedacht zu trennen; einer Sache,
Mit Eiden angesteckt an Euren Finger
Und so mit Treu an Euren Leib geschmiedet.
Ich schenkte meinem Liebsten einen Ring
Und hieß ihn schwören, nie ihn wegzugeben;
Hier steht er, und ich darf für ihn beteuern,
Er ließ' ihn nicht, er riss' ihn nicht vom Finger
Für alle Schätze, so die Welt besitzt.
Ihr gabt fürwahr, Graziano, Eurer Frau

Zu lieblos eine Ursach zum Verdruß;
Geschäh es nur, es machte mich verrückt.

Bassanio *(beiseite).*
Ich möchte mir die linke Hand nur abhaun
Und schwören, ich verlor den Ring im Kampf.

Graziano. Bassanio schenkte seinen Ring dem Richter,
Der darum bat und in der Tat ihn auch
Verdiente; dann erbat der Bursch, sein Schreiber,
Der Müh vom Schreiben hatte, meinen sich,
Und weder Herr noch Diener wollten was
Als die zwei Ringe nehmen.

Porzia. Welch einen Ring gabt Ihr ihm, mein Gemahl?
Nicht den, hoff ich, den Ihr von mir empfingt.

Bassanio. Könnt ich zum Fehler eine Lüge fügen,
So würd ich's leugnen; doch Ihr seht, mein Finger
Hat nicht den Ring mehr an sich, er ist fort.

Porzia. Gleich leer an Treu ist Euer falsches Herz.
Beim Himmel, nie komm ich in Euer Bett,
Bis ich den Ring gesehn.

Nerissa. Noch ich in Eures,
Bis ich erst meinen sehe.

Bassanio. Holde Porzia,
Wär Euch bewußt, wem ich ihn gab, den Ring,
Wär Euch bewußt, für wen ich gab den Ring,
Und säht Ihr ein, wofür ich gab den Ring
Und wie unwillig ich mich schied vom Ring,
Da nichts genommen wurde als der Ring,
Ihr würdet Eures Unmuts Härte mildern.

Porzia. Und hättet Ihr gekannt die Kraft des Rings,
Halb deren Wert nur, die Euch gab den Ring,
Und Eure Ehre, hangend an dem Ring,
Ihr hättet so nicht weggeschenkt den Ring.
Wo wär ein Mann so unvernünftig wohl,
Hätt es Euch nur beliebt, mit einger Wärme
Ihn zu verteidgen, daß er ohne Scheu
Ein Ding begehrte, das man heilig hält?
Nerissa lehrt mich, was ich glauben soll:
Ich sterbe drauf, ein Weib bekam den Ring.

Bassanio. Bei meiner Ehre, nein! bei meiner Seele!
Kein Weib bekam ihn, sondern einem Doktor
Der Rechte gab ich ihn, der mir dreitausend
Dukaten ausschlug und den Ring erbat;
Ich weigert's ihm, ließ ihn verdrießlich gehn,
Den Mann, der meines teuern Freundes Leben
Aufrechterhielt. Was soll ich sagen, Holde?
Ich war genötigt, ihn ihm nachzuschicken;
Gefälligkeit und Scham bedrängten mich,
Und meine Ehre litt nicht, daß sie Undank
So sehr befleckte. Drum verzeiht mir, Beste!
Denn, glaubt mir, bei den heilgen Lichtern dort,
Ihr hättet, wärt Ihr dagewesen, selbst
Den Ring erbeten für den würdgen Doktor.

Porzia. Daß nur der Doktor nie mein Haus betritt.
Denn weil er das Juwel hat, das ich liebte,
Das Ihr meintwillen zu bewahren schwurt,
So will ich auch freigebig sein wie Ihr:
Ich will ihm nichts versagen, was ich habe,
Nicht meinen Leib noch meines Gatten Bett;

Denn kennen will ich ihn, das weiß ich sicher.
Schlaft keine Nacht vom Haus! wacht wie ein Argus!
Wenn Ihr's nicht tut, wenn Ihr allein mich laßt:
Bei meiner Ehre, die mein eigen noch!
Den Doktor nehm ich mir zum Bettgenossen.

Nerissa. Und ich den Schreiber; darum seht Euch vor,
Wie Ihr mich laßt in meiner eignen Hut.

Graziano. Gut! tut das nur, doch laßt ihn nicht ertappen,
Ich möchte sonst des Schreibers Feder kappen.

Antonio. Ich bin der Unglücksgrund von diesem Zwist.

Porzia. Es kränk Euch nicht; willkommen seid Ihr dennoch.

Bassanio. Vergeht mir, Porzia, mein gezwungnes Unrecht,
Und vor den Ohren aller dieser Freunde
Schwör ich dir, ja, bei deinen holden Augen,
Worin ich selbst mich sehe –

Porzia. Gebt doch acht!
In meinen Augen sieht er selbst sich doppelt,
In jedem Aug einmal – beruft Euch nur
Auf Euer doppelt Selbst, das ist ein Eid,
Der Glauben einflößt.

Bassanio. Hört mich doch nur an!
Verzeiht dies, und bei meiner Seele schwör ich,
Ich breche nie dir wieder einen Eid.

Antonio. Ich lieh einst meinen Leib hin für sein Gut;
Ohn ihn, der Eures Gatten Ring bekam,
War er dahin; ich darf mich noch verpflichten –
Zum Pfande meine Seele – Eur Gemahl
Wird nie mit Vorsatz mehr die Treue brechen.

Porzia. So seid denn Ihr sein Bürge; gebt ihm den
Und heißt ihn besser hüten als den andern.

Antonio. Hier, Don Bassanio, schwört, den Ring zu hüten.

Bassanio. Beim Himmel! eben den gab ich dem Doktor.

Porzia. Ich hab ihn auch von ihm, verzeiht, Bassanio!
Für diesen Ring gewann der Doktor mich.

Nerissa. Und Ihr, verzeiht, mein artger Graziano,
Denn jener kleine Bursch, des Doktors Schreiber,
War um den Preis hier letzte Nacht bei mir.

Graziano. Nun, das sieht aus wie Wegebesserung
Im Sommer, wann die Straßen gut genug.
Was? sind wir Hahnrei, eh wir's noch verdient?

Porzia. Sprecht nicht so gröblich. – Ihr seid all erstaunt;
Hier ist ein Brief, lest ihn bei Muße durch,
Er kommt von Padua, vom Bellario;
Da könnt Ihr finden: Porzia war der Doktor,
Nerissa dort ihr Schreiber; hier Lorenzo
Kann zeugen, daß ich gleich nach Euch gereist
Und eben erst zurück bin; ich betrat
Mein Haus noch nicht. – Antonio, seid willkommen!
Ich habe beßre Zeitung noch im Vorrat,
Als Ihr erwartet. Diesen Brief erbrecht;
Ihr werdet sehn, drei Eurer Galeonen
Sind reich beladen plötzlich eingelaufen;
Ich sag Euch nicht, was für ein eigner Zufall
Den Brief mir zugespielt hat.

Antonio. Ich verstumme.

Bassanio. Wart Ihr der Doktor, und ich kannt Euch nicht?

Graziano. Wart Ihr der Schreiber, der mich krönen soll?

Nerissa. Ja, doch der Schreiber, der es niemals tun will,
Wenn er nicht lebt, bis er zum Mann erwächst.

Bassanio. Ihr müßt mein Bettgenoß sein, schönster Doktor.
Wenn ich nicht da bin, liegt bei meiner Frau.

Antonio. Ihr gabt mir Leben, Teure, und zu leben:
Hier les ich für gewiß, daß meine Schiffe
Im Hafen sicher sind.

Porzia. Wie steht's, Lorenzo!
Mein Schreiber hat auch guten Trost für Euch.

Nerissa. Ja, und er soll ihn ohne Sporteln haben.
Hier übergeb ich Euch und Jessica
Vom reichen Juden eine Schenkungsakte
Auf seinen Tod, von allem, was er nachläßt.

Lorenzo. Ihr schönen Fraun streut Manna Hungrigen
In ihren Weg.

Porzia. Es ist beinahe Morgen,
Und doch, ich weiß gewiß, seht ihr noch nicht
Den Hergang völlig ein. – Laßt uns hineingehn,
Und da vernehmt auf Fragartikel uns,
Wir wollen auch auf alles wahrhaft dienen.

Graziano. Ja, tun wir das; der erste Fragartikel,
Worauf Nerissa schwören muß, ist der:
Ob sie bis morgen lieber warten mag,
Ob schlafen gehn zwei Stunden nur vor Tag?
Doch käm der Tag, ich wünscht ihn seiner Wege,
Damit ich bei des Doktors Schreiber läge.

Gut! lebenslang hüt ich kein ander Ding
Mit solchen Ängsten als Nerissas Ring.

(Alle ab.)